U0051727

難得好時光

Rare Good Time

楊翠 —————— 著

作者序

萍水相逢一家人

《難得好時光》完成於二〇一四年，那時候我還在大學念書，只將寫故事當成一種愛好，想到什麼便寫什麼，不太考慮故事的起、承、轉、合，以及人物的塑造。時隔許久重讀，我完全忘了故事的內容，抽離出來，不得不承認，這個故事生澀稚拙——世界觀混亂，許多奇怪冗餘的設定，出場角色過多且特徵不明，囉嗦的敘述。我甚至找出自己當年的照片，問她說：「你在想些什麼呢？」

對我而言，作品就是我的孩子，我應該接受它們的殘缺與不足。天下沒有完美的父母，我也要接納自己曾經的稚嫩。況且，這稚嫩與莽撞中，還透出了勃勃的生機。

我努力想要憶起自己為何會寫下這個故事，但時隔太過久遠，實在找不出最初的靈感。所以一切只是我的推測。從很久以前開始，我就著迷於寫一群一起生活的人，沒有血緣關係，卻像是家人。他們不會太過親密，保持適當的距離，彼此尊重，隨時可以分開，隨時可以重聚。「能夠與你一起吃飯的人就是家人」，我甚至有過這樣的想法。哪怕只是萍水相逢，一起吃了一次晚飯，如果那時你感覺像在家中一般放鬆又開心，他們就是家人。

另外，我是一個鄉下孩子，小時候會與兄弟姊妹一起，跟隨奶奶四處拾荒。曾經有許多年，我都使用「拾荒者」這個網名。許多很好的東西都進了垃圾堆，多浪費，多可惜，直到如今我也常常有這樣的想法，所以時不時會撿些破爛回家。可能正是這兩個原因，我才會寫出「難得好時光」這樣的舊貨商店。重讀自己的舊作異常羞恥，但我依然會感覺舊貨商店很溫馨，想要住在那裡。

希望你們也能喜歡它。

楊翠

二〇二〇年八月一日

目錄

Contents

引　子

黎明時分

上了年紀之後，最煩惱的事情不是渾身的病痛，而是一個又一個難以入眠的夜晚。

胡八爺爺每天晚上十一點準時熄燈睡覺，可是到了半夜兩、三點便醒了。接下來的幾個小時，他就只好躺在床上翻來覆去，等著天亮了。

「老了，真的老了，以往那一覺睡到大天亮的美好日子，一去不復返了。」這天凌晨，胡八爺爺歎了口氣，自言自語。老人是被世界拋棄的人，連睡眠都不再青睞他們了。

雞叫了三遍，夜晚結束。胡八爺爺猛的從床上坐起來，扭扭脖子，披上有些過於厚大的皮大衣，趿著拖鞋來到窗前。拉開窗簾，他看了看窗外院子裡自己種下的花花草草，覺得心情大好，沒睡好覺的煩惱一掃而空。他又扭扭脖子，回過頭來整理床鋪。

十分鐘後，胡八爺爺穿戴整齊的離開了房間。屋子裡的人都還在休息，他輕手輕腳的穿過走廊，來到大廳。大廳裡擺滿了貨架，架子上放著密密麻麻但排列有序的陳舊小玩意兒。櫃臺上點著三盞燈，火苗分別是紅色、橙色與青色。見到胡八爺爺出來，那三團火焰忽然躥高了一大截，看那樣子，好像都張大了嘴巴。

「早安，八爺爺。」最紅的那團火焰說道。

「早安，赤影。年輕人，你可以再睡上一個鐘頭。」胡八爺爺一邊對那團火焰說話，一邊朝大門後的屏風走去。那屏風上畫著的牡丹花開得正好。

「昨天晚上真冷啊！我感覺自己快被凍成『冰火』了。」橙色的火焰，也就是橙影說道。

「對啊！要是我們能像人類一樣，縮進被窩裡取暖，那該有多好。」青色的青影說。

胡八爺爺在屏風另一邊說：「你們別想烤火！一般來說，都是我們圍著你們取暖吧。上次你們幾個故意鑽進我的被子裡，把我房間裡的大部分東西都燒毀了，難道你們還沒從那件事情中吸取到教訓，安安穩穩、老老實實、規規矩矩的當好火焰嗎？」

「當然吸取教訓了啊！我們現在都還記得您那勢如破竹、不帶逗號與頓號、全是感嘆詞的訓斥。對了，訓斥裡還夾帶著很多噴濺出來的口水呢！」赤影吐吐火舌說。其他兩團火焰都笑了。

此時，胡八爺爺將大門打開，迎面吹來的風裡，夾帶著些許寒氣，三團火焰在燈座上跳起了舞，趕緊伸出手臂，死死抱住燈座，才沒被吹滅。

「好險！好險！差點就熄滅了呢！八爺爺，您一定是故意的！」赤影叫道。

胡八爺爺沒有回答。

「我要向杜先生控告您，您又一次準備謀害我們的性命！」橙影也嚷嚷起來。

胡八爺爺還是沒理他們。透過半透明的屏風，小火焰們發現他蹲在門口。青影有些擔心的說：「你們說，八爺爺不會是心臟病發作了吧？」

「才不會呢！那個老頭子身體可好了，哪有什麼心臟病。他只會把別人氣出心臟病。」橙影沒好氣的說。

「那可不一定，一旦上了年紀，就成為病痛的目標啦！我們不也一樣嗎？你們想想，跟以前比起來，現在力量是不是弱了些？」青影又說。

赤影與橙影意味深長的互看了一眼。三團火焰大概安靜了一點五秒，然後一起大叫起來，跳下燈座朝門口飛去。他們也不管有沒有寒風了，現在最重要的事情是確定胡八爺爺還活著。

「八爺爺，您可不要死啊！沒了您做飯，這家店裡的人都會餓死啊！」赤影大叫道。

「死什麼死！大清早的，不要說這種喪氣話！」

胡八爺爺那驚天動地的聲音透過他的大嗓門，傳遍了整條街。三團小火焰來不及剎車，差點撞在他的臉上。果然，這老頭子面色紅潤，白鬍子也閃著光，怎麼看都不像是生病了。不過在他腳邊，倒是有一團灰色的「東西」。

那是一個蜷縮著的孩子，露出的半張小臉比白紙還白，看起來已經被凍死了。

「原來是門口出現了一個死人啊！難道有人以為，我們這家舊貨行也兼營回收屍體嗎？現在這些人類越來越奇怪了。」青影感嘆道。

胡八爺爺瞪了他一眼，說：「什麼死人不死人的！我告訴過你們多少次了，早晨千萬不要說死字！我把這孩子抱進店裡，你們三個快去把小杜叫起來！」

「是的，八爺爺！」

三團火焰飛回店裡叫人，胡八爺爺則小心翼翼的抱起那孩子，就怕他像玻璃製品一樣，突然被自己捏碎了。他真輕啊！難道生命真的從他的身體裡飛走了嗎？

太陽衝破雲層，從東方的屋頂升起，新的一天到來了。

第　一　章

新生

一睜開眼，看到的便是泛黃、老舊的蚊帳，身上蓋的被子倒是嶄新的，帶著讓人心安的淡淡香氣。他坐了起來，才發現自己身處一個陌生的地方——一間整潔、陳舊的小房間。他的床正對著一扇大窗戶，窗戶打開了一半，陽光灑在床頭邊的牆壁上，牆上掛著一幅畫。窗戶前有一張小桌子和一把小椅子，小桌子旁邊是書架，架上那些花花綠綠的書籍，看起來也非常老舊了。

平常是誰坐在這兒一邊喝茶、一邊看書呢？是自己嗎？可是為什麼完全想像不出來呢？

另外，自己又是誰呢？為什麼會在這兒？這又是哪兒？他摸摸自己的臉，從額頭、眉毛、眼睛、鼻子，到嘴巴與下巴，卻想像不出自己的模樣來。他抬起了左手，發現手指上有著一道疤痕。他不解的思索著，它是怎麼來的呢？這是屬於自己的手嗎？

「我像個新生嬰兒一樣。」他想著。

突然，他感到一陣眩暈，太陽穴跳得厲害，可是他實在不想繼續躺在床上，最後決定站起來。沒想到，他的雙腿絲毫力氣也沒有，「砰」的一聲便摔倒在床邊。他乾脆坐在地板上，大口、大口喘著氣，同時揉著自己那可憐的膝蓋。他的手臂和腿都很細，不過卻很結實。

也不知道過了多久，他聽到有腳步聲靠近，這才用兩隻手臂撐著地站起來。

等他坐到床上，門也「嘎吱」一聲被打開了，一個年約二十四、五歲的紅頭髮男人笑著朝他走來。

男人穿著白上衣，長長的頭髮隨意的紮了個馬尾，對他說：「小鬼，你總算是醒過來了。」

坐在床邊的男孩，抬起頭望著紅頭髮男人，張嘴想要說話，但感覺自己像是很久沒開口講話了，一個字也說不出來。男孩深吸了一口氣，又張大嘴巴，這次才發出「啊」的一聲。

這說明他還可以說話，男孩總算鬆了一口氣。接著，他又吸了一口氣，說道：「我認識你嗎？」

「這個，我想應該不認識。」紅頭髮男人這時已經坐在床邊，目光有些驚訝。

「那你認識我嗎？」

「也不認識。」

紅頭髮男人的表情看起來更驚奇了，他看著男孩，說道：「你不記得你是誰了嗎？」

男孩垂下了眼睛，說：「恐怕是這樣。那我是從哪兒來的？」

「不知道。昨天早晨，八爺爺剛打開店門，就看到你像隻小貓一樣蜷縮在我們店門口。他把你抱進店裡，我們為你醫治、取暖，直到現在你才醒過來。你已經在我的床上睡了一天半，現在是午餐時間，你準備吃點什麼嗎？」

「我不餓，只是想喝水。」

紅頭髮男人點了點頭，讓男孩躺下休息，自己則準備離開房間。男孩叫住了他，問道：「請問，您叫什麼名字？」

「杜月亭。你呢？」杜月亭說完，笑了起來，「我忘了，你根本不記得自己是誰了。名字應該也忘了吧！」

「等等，我腦子裡有一個名字，應該就是我的名字吧？我叫謝端午。不過也可能不是我的名字。」男孩說。

「那你就暫時叫謝端午吧！名字只是個代號而已。你好好躺著，我去拿點心和薑茶給你。」

端午點點頭後，把頭埋進柔軟的枕頭裡。他感覺自己像是漂在一望無際的大海上，不知道從哪兒來，也不知道要去哪兒。他唯一知道的、唯一還記得的，就是「謝端午」這三個字。

「我把自己丟到哪兒了呢？」他想。

端午的思緒在記憶的迷宮裡穿梭，想要找到關於過往的一切，不過轉來轉去，他什麼也沒發現。正當他準備放棄時，腦子裡突然湧現一幅清晰的畫面，那是湖邊的一片青草地，他甚至感覺到輕風拂過他的臉。

「那是哪兒呢？是我的家嗎？」

下午三點多，端午才離開床。他在鏡子前照了照，看著鏡子裡那陌生的自己——臉色蒼白，眼睛細長但眉毛卻很濃，看起來有些滑稽；鼻子和嘴巴屬於小巧別致型，有點像女孩子。

「這就是我嗎？真像是人生中第一次看到自己呢！」他對鏡子裡的自己說。

端午扶著牆離開房間。房間外是一條曲曲折折的走廊，走廊另一端傳來低低的說話聲。走廊左邊是一排窗戶，右邊是一排房間，除了第一間，另外五間屋子的門上，分別寫著宮、商、角、徵、羽五個黑色大字，看起來有些恐怖。

端午循著聲音，穿過閃閃發光的珠簾，來到一間寬敞的屋子裡。珠簾對面是大門，門後放著屏風，屏風上畫著大紅色的牡丹。左邊的牆上有一扇窗戶，窗戶下擺放著兩張小桌子和幾把椅子。窗戶外是另外一座房子的外牆，所以光線並不是很好。珠簾的右邊是櫃臺，可能因為歷史太久遠，櫃臺表面很光滑，甚至閃閃發光。櫃臺前有一排高腳椅，兩個大概十五、六歲的女孩就坐在那兒，她們正轉過頭來望著端午。這兩個女孩的模樣很像，分別穿著黃衣服和藍衣服。

「哎呀！那小鬼出來了！」

靠近端午的藍衣女孩說著站了起來，扶著他在自己身邊坐下。接著，兩個女孩就像看稀有動物一樣望著端午。

「怎麼了？」端午渾身不自在。

「幸好你還記得說話，要是你連說話也忘了，那可就麻煩了。」左邊那個黃衣女孩說。

「幸好你還記得『謝端午』這個名字，要是你記得的是什麼『謝先生』、『謝太太』、『謝大人』、『謝老爺』，你就會有一個古怪的名字了。不過『謝端午』這樣的名字，也好不到哪裡去。」藍衣女孩打趣的說。

「那你們的名字又是什麼？」

「柳珠兒。」黃衣女孩說。

「柳佩兒。我們倆是堂姊妹，我是比較年輕的妹妹。」藍衣女孩說。

「我只比她大九天。」珠兒吐吐舌頭說。

端午撇撇嘴，說：「你們的名字也不見得有多動聽啊！」

兩個女孩橫眉豎目的瞪著端午。珠兒說道：「你看起來挺討人喜歡的，沒想到卻是牙尖嘴利！真是浪費了我們這兩天對你的擔心與照顧！等杜先生回來，我就讓他把你趕走！看起來你已經好得差不多，隨時都可以出發了。」

「我能出發去哪兒呢？我什麼也不記得啦！只記得『謝端午』這三個字，還有你們倆和杜先生。」端午笑著說。

「你最好也要記得我們。」

屋子裡突然傳來一個細小的聲音，端午轉過頭四處尋找，並沒有看到其他人。他的目光轉向珠兒與佩兒，她們都吃吃笑個不停。

「你昏迷的時候，我們經常跑去看你呢！」

「而且，我們也是發現你的人之一，錯了，之三。」

這次端午聽得很清楚，聲音是從櫃臺上傳來的。可是櫃臺上除了幾本舊書、一本帳本、幾支筆、幾個茶杯、一隻古怪的鳥兒雕像以及三盞燈外，什麼也沒有。

「還是錯了，我們可不是人這種低級的傢伙。」

端午目光集中在三盞燈上，那聲音像是從這幾盞燈發出來的。

「這些燈會說話？」端午問珠兒和佩兒，不過她們仍然只是笑個不停。端午看著面前那青色的火光，問：「剛剛是你們在說話嗎？」

沒想到那團火焰突然從燈座上跳起來，飛到端午的頭頂，說道：「恭喜你，答對了！」另外那兩團火焰也跳了起來，三團火焰圍著端午打轉。他們可能是高興過了頭，沒多久，端午就聞到從自己頭頂飄來的焦味。

「糟了！」

青影飛到端午面前，兩隻眼睛瞇成了一條縫。端午摸一摸頭，發現自己頭上紮的馬尾被燒掉了一小撮。

「對不起，我不是故意要吞下你的頭髮。」青影又說。

端午搖搖頭，說：「沒關係。我感覺自己好像不怎麼喜歡長頭髮。珠兒姊姊，你有剪刀嗎？我想把頭髮剪掉。」

珠兒繞到櫃臺後，從貨架上拿了一把明晃晃的剪刀，然後繞回櫃臺前面，使勁按住了端午的頭，說：「我幫你理髮吧！」

「你會嗎？」端午有些不相信她。

「我小時候的夢想是成為一名髮型設計師，你說我會不會？」

赤影悄悄飛過來，幽幽的說：「我小時候的夢想還是能夠吐出水來呢！直到現在我也不會啊！」

珠兒白了赤影一眼，說：「走開！如果你們不想幫我照明，就乖乖到一邊乘涼去！等會兒你們就能看到本大師幫端午弄出來的驚豔髮型了。」

「不是驚豔，是驚嚇過度吧！」橙影說。

三團火焰張大嘴巴笑了起來。

「不想和你們這些笨火焰多說，我是實幹派。」說完，珠兒拿著剪刀，開始了理髮工作。

半個小時後，紮著馬尾的清秀小男孩端午，變成了一個留著鍋蓋頭髮型的搞笑小呆瓜。佩兒笑得都快直不起腰來，不停捶打著櫃臺。三團火焰更是因為興奮而突然變得很大，火舌冒得超高，快把天花板燒了。珠兒自己也忍不住大笑起來，說道：「有些可笑，但絕對適合你。」

端午看了看鏡子裡的自己，覺得和剛剛在房間鏡子裡看到的自己，完完全全是兩個人。

這時，店門外傳來車子的轆轆聲，珠兒、佩兒與三團火焰不再笑了，都趕緊迎了出去。聽珠兒說，是杜先生回來了。端午只見過杜先生一面，他有些侷促的站在櫃臺前，等著門外的人進來。

「哇，陶先生家裡稀奇古怪的東西可真不少！」門外傳來珠兒的聲音。

「快看這尊雕像，這光頭真亮！」佩兒說。

「這幾幅古畫聞起來很好吃，真想把它們吞進肚子裡。」青影說。

「走開！不准你們這些冒冒失失的火焰靠近馬車上的任何東西！」這次傳來一個陌生老人的聲音。

端午實在忍不住了，他悄悄來到屏風後，探出頭望著門外。一輛載滿貨物的馬車停在大門口，遮蓋貨物的油紙已經掀開一半，珠兒和佩兒正翻找著油紙下的東西，一個光頭、白鬍子老人，正在驅趕三團小火焰。

杜月亭很快注意到了屏風旁的目光，他轉過頭看著端午，說道：「你醒過來啦！」

「不只醒過來了，因為青影的緣故，他還換了個髮型。」佩兒說。

端午也來到了大門外，杜月亭盯著他的腦袋，說道：「看這髮型，應該是出自我們的大師柳珠兒之手了。」

「哈哈哈哈！」白鬍子老人笑了起來，走到端午面前，「又有一個被珠兒騙的可憐蟲了！小傢伙，你知道我為什麼光頭嗎？就是不想讓珠兒胡亂折騰我的頭髮。半年多前，她剛來到我們店裡時，可把我的頭髮害苦了。」

這位白鬍子老爺爺，也就是昨天發現端午的胡八爺爺。

聽了他的話，珠兒非常不服氣的說：「八爺爺，你姓胡，但也不要胡說啊！至少我幫你找到了最適合你的髮型，也就是光頭啊！」

所有人都笑了起來，端午也跟著笑了，說道：「那我乾脆也剃個光頭吧！」

「這個髮型挺適合你的。」杜月亭說。

大家親切的態度，讓端午瞬間覺得自己和他們很親近了。他幫著把馬車裡的東西搬進店裡那門上寫著「羽」字的房間。

很快的，端午就明白，這兒是牧陶鎮的一家舊貨行，門上有字的房間，都是店裡的倉庫，沒有經過分類與修復的商品都堆放在裡面。當他第二次出門搬東西時，抬起頭，看了看招牌，上面印著一枚顯眼的藍色六角星，寫著「難得好時光」。

什麼樣的好時光呢？這些舊貨，不都是被自己的主人，從過去的好時光裡扔出來的嗎？

下午回收的舊貨來自城西的陶先生。他是一名旅行家，從十六歲起就在各地漂泊。最近他決定安定下來，不過，要搬到另外一個鎮裡去住，那是他新婚妻子的家鄉。他的家裡塞滿了旅行時從各地帶回的稀奇玩意兒，他的妻子不是很喜歡這些東西，所以陶先生便把它們都賣給了舊貨行。

「陶先生很捨不得這些東西，想讓我們幫忙找到愛護它們的新主人。這也是我們舊貨行存在的意義吧！」搬完所有東西後，杜月亭看著倉庫裡擺放有序的舊物感嘆道。

「不要把我們說得這麼偉大，我們的店和資源回收站有多大區別呢？不過就是比回收站稍微乾淨一點。」珠兒說。

「不要長他人志氣，滅自己威風呀！」杜月亭笑瞇瞇的說。

「你發給我們的那點工資，也讓我們威風不起來呀！」佩兒說。

「有道理！」三團火焰齊聲說。

「我們的工資已經好幾年沒發了。」青影語氣裡滿是不平。

「你們這幾年燒毀了多少東西？該賠償的損失費，你們兩百年也還不清了。至於珠兒、佩兒，你們不過是初出茅廬的新人，我接受你們、給你們工作就算不錯了。」杜月亭說。

端午對店裡的內部管理沒有任何興趣，他的目光都集中在剛剛搬進來的一面鏡子上。它摸起來很光滑，可是一點也不反射光，倒像是一塊石頭。

「杜先生，這恐怕不是鏡子吧？」端午說。

杜月亭也來到鏡子前，說道：「應該是的。陶先生說，這是他某次探險時買下的紀念品，是照不出影像的鏡子。」

「作為鏡子又不反光，沒有人會願意買下它吧？」端午說。

杜先生笑著搖搖頭，說：「很多人會喜歡這種獨特的東西。如果實在找不到合適的主人，那就由我來當它的主人好了。」

「這店裡回收的大部分舊物，最後都只好由你自己留著了吧！」珠兒說。

端午一直站在鏡子前，覺得它非常古怪。在杜月亭的再三催促下，他才離開倉庫。

剛剛跨出倉庫的門，端午就聽到身後傳來胡八爺爺的聲音。

「小鍋蓋，快過來！」

胡八爺爺站在門上寫著「宮」字的倉庫旁。端午跟著他走進那間門上沒有寫字的房間。這兒也是臥室，但比杜月亭的房間小得多，除了床、桌子、櫃子和牆上的一幅畫，什麼也沒有。

「既然你失去了記憶，那一定會在我們的店裡待上一段時間吧？」胡八爺爺說話時，鬍子一抖一抖的。

「我可以留在這兒嗎？」端午問。

胡八爺爺點點頭，說道：「回店裡的路上，我就和小杜商量好了。你失憶了，年紀又太小，我們不能讓你四處亂晃。你還不如待在我們店裡，也可以幫我們幹幹活。說不定慢慢的，你就會想起過去的事，你的親人也可能找到這兒來，接你回家。不用覺得感動，不用說什麼感謝的話，你可以這樣想：你就像店裡回收的舊物，等待著你的主人——也就是你的父母前來認領。你覺得怎麼樣？」

「太好了，謝謝您！」端午十分興奮，「不過我可不喜歡您打的這個比方。」

「我也不喜歡。」杜月亭不知道何時倚靠在門邊，「說得我們沒有一點兒同情心。」

「做生意的人，同情心太過氾濫不好。我告訴過你很多次了，你可是一點兒也沒長進。」胡八爺爺說著，拍拍端午的肩膀，「以後這就是你的房間了。這是我們店裡最後一間空房間，也是最好的一間。看到牆上的這幅畫了嗎？很漂亮吧？你每天都能在這幅畫的陪伴下入眠呢！你現在什麼東西也沒有，不過以後可以慢慢添置。你才剛來，又沒有記憶，要囑咐你、教你的東西太多了，一時之間也說不清楚……總之，歡迎你成為我們店裡的一員。」

胡八爺爺向端午伸出他那隻細瘦的右手掌，端午將自己的手塞進去，胡八爺爺又使勁晃了晃。

杜月亭走進來，張開雙臂，說：「我比較喜歡用這樣的方式歡迎新成員。」端午也張開雙臂，緊緊擁抱了杜月亭，說道：「能遇見你們真好！」

為了歡迎端午，胡八爺爺準備了一桌豐盛的晚餐。店裡沒有專門的飯廳，大家都在櫃臺用餐。三團小火焰從櫃臺的這頭飛到那頭，既給大家照明，又給這頓晚餐添上不一樣的風采。端午看著燈光下那些今天才認識的人，覺得和他們似乎認識很久、很久了。

這樣的晚餐、這樣的場景、這樣的歡笑，是不是在以前的生命中，也有過那麼一次、兩次，或是很多次呢？

往事似乎就要飄進腦子裡，很近、很近了，只要再近一點點，他就什麼都能想起來。不過突然間，好像有什麼東西從頭頂砸向櫃臺，「砰」、「砰」、「砰」三聲響起，打斷了端午的思緒，連接往事的那條線也跟著斷開了。端午正為失去這樣的好機會而後悔，馬上又被眼前的景象吸引——從天花板上掉下來的，竟然是三隻老鼠。

那三隻老鼠就在自己面前的盤子裡開吃了，好在大家都吃飽了，並不介意他們的突然到來。

珠兒說：「你們不是喜歡透過各式各樣的地道回家嗎？現在是怎麼回事？難

道你們的地道通上天了?」

「偶而我們也想探索新的路線。」最大的那隻老鼠說。

「會說話的老鼠。」端午說。

三隻老鼠這才注意到端午。第二大那隻老鼠一邊把肉塞進嘴裡,一邊說:「難道我們離開這兒已經三年,而不是三天?怎麼忽然多出了一個鍋蓋頭小孩?」

「昨天八爺爺在門口撿到的,失憶的小鬼,你們可以把他當成一個小嬰兒。」佩兒說。

「我只是失憶了,智商還是正常的。」端午嘟著嘴說道。

「這麼說來,又是我們店裡回收的亂七八糟的東西之一啦!」最大的那隻老鼠拿著雞腿,兩條後腿邁著小碎步來到端午面前,豎起尾巴,說:「你好,我是這個店裡最得力的員工之一,另外兩個最得力的員工也就是我的兩個弟弟。我叫丁當,我的兩個弟弟分別叫丁丁與當當。你叫什麼名字?」

「謝端午。」

「好名字,聽起來就有很深刻的內涵。其實『謝端午』這三個字,我只會寫最後一個。」丁當一本正經的說。

「你就直說自己是文盲吧!丁當。」佩兒笑著說。

「不是文盲,我的工作和生活都不需要文字,花工夫記它們有什麼用。」丁當說完，像個紳士那樣對端午鞠了個躬，「按照你們人類的規矩，本來我應該和你握手。但你也看到了，我拿著雞腿，實在沒空。小鍋蓋，很高興能認識你，希望你的加入，能夠減輕我們兄弟的負擔。」

丁當又邁著小碎步回到盤子前，和自己的兩個兄弟繼續食物爭奪戰。

「這個店裡的員工真奇怪。」端午說。

「不是奇怪，是請不起太多人類，只好請個子比較小、工資要求比較低的老鼠。不過誰能料想得到，他們的飯量絲毫不輸兩公尺高的胖子。」杜月亭說完，又把目光轉向那三隻老鼠，「你們的任務進行得怎麼樣？」

「非常順利，那隻臭貓現在應該正在享受著高夫人的愛撫吧！不過是一隻經常負氣離家出走的貓，為什麼偏偏讓我們兄弟去尋找？那隻貓脾氣可臭了，又很笨，流浪了幾天好像什麼也沒吃。當我們發現他時，他差點把我們三個啃來吃了。還好我們身手敏捷，成功的制伏了他。」當當說。

「別吹牛了，要是你們能制伏逐一，太陽絕對打西邊出來。」珠兒說。

「你們三個在尋找貓？」端午問。

「對啊！沒辦法，這是我們的工作。錯了，應該說這是杜先生的工作，我們是他的員工，只好幫他跑腿了。杜先生，你不是說要弄出個新員工來嗎？就是這個小鍋蓋嗎？他對自己是誰都不了解，對我們的工作更不清楚吧？」丁當說。

「你們的工作是什麼？」端午問。

「以後再慢慢告訴你，端午。說到新員工，這也是個好機會。」杜月亭從身後的抽屜裡取出一個精緻的木盒子，遞給端午，說道：「送給你的禮物。」

端午說了聲謝謝，將盒子打開，裡面靜靜放著一粒黑色的種子。

看到種子的那一瞬間，三隻老鼠瘋了一樣大叫起來，踩得盤子叮噹作響。丁當對著杜先生叫道：「您不會是想把這個東西種出來吧？他不會就是你所說的新員工吧？你想害死我們啊？」

「這是客人送的禮物，總不能讓它放到發霉，那不就辜負客人的好意了嗎？春天是個播種的好機會，你們說是不是？」

杜月亭的目光掃了掃櫃臺旁的其他人，大家都使勁點頭，小火焰赤影幸災樂禍的說道：「太好了，今後我們的店裡，總算有安寧的時刻了。」三隻老鼠聽了，跳起來想要揍赤影，不過赤影身體輕盈，早就飛高了，老鼠們完全碰不到他。在大家的吵鬧聲中，端午拿起那粒種子，問道：「這是什麼種子？難道會長出可怕的東西來？」

「不可怕，很好玩。明天你就種下吧！算是對我們相聚在『難得好時光』的一種紀念。」杜月亭說。

端午看了看那粒種子，覺得自己也像這粒種子一樣，面對著一個他完全不了解的世界。從前發生過些什麼，為什麼自己會忘記，這些端午都不清楚，不過今後發生的所有事情，他都要牢牢記在心裡，就像這粒種子將會深深紮根在土壤中一樣。

第　二　章

異術師

第二天起床之後，端午就在院子裡種下那粒黑色的種子。院子裡到處都是胡八爺爺種的奇怪植物，端午擔心自己的種子曬不到太陽，擅自移動了胡八爺爺的那些花盆。他滿足的看著剛填好的土，心裡的種子開始發芽、成長，很快長成了一棵參天大樹。

胡八爺爺走出來，看到端午改變了花園的格局，氣得鬍子都快豎起來了。他弓著腰，對端午叫道：「這可是我的花園，一切都要按照我的指示來行動！移動我的花盆前，你怎麼沒先向我通報？」

「只是改變了幾盆花的位置啊！」

胡八爺爺更生氣了，叫道：「什麼？只是改變了幾盆花的位置？所有花的位置都經過我精密的計算，保證它們能得到最好的光照、水分條件，現在一改變，它們的成長一定會受到影響，甚至會產生不可預測的可怕後果！說不定它們會死的！你這個可怕的小惡魔！」

端午被胡八爺爺的反應嚇得說不出話來。很快的，胡八爺爺也感覺到自己有些過分，他拍拍胸口，讓自己平靜下來，又說：「總之，以後不准隨便碰花園裡的任何東西。另外，因為你的種子種在我的花園裡，現在它屬於我了。」

「憑什麼呀？」端午沒好氣的說。

「這個老怪物跟你開玩笑呢！不要當真。」

珠兒的聲音傳來，她端著一盆奇怪的植物走出來。那盆植物沒有葉子，只有一枝孤伶伶的莖，上面長著淡綠色、像燈泡一樣的果子。胡八爺爺大喝一聲，衝到珠兒面前，說：「誰讓你把燈泡草搬出來的？」

「杜先生呀！他說這些燈泡草在倉庫裡悶了半年，也該出來透透氣了。」

「這倒沒錯。不過小杜太過分了，老是亂碰我的東西！不行，我得找他理論一下。」

胡八爺爺正準備衝進屋子裡，珠兒卻一把拉住他，說道：「您可別想偷懶，快點幫忙把您的這些草搬出來曬曬吧！」

「這些草平常放在倉庫裡嗎？」端午問道，還伸手摸了摸那果子。

胡八爺爺撥開端午的手，說道：「小心點！萬一把燈泡草碰壞了怎麼辦？！」

「真小器。」端午小聲嘀咕。

珠兒聽到端午的話，把燈泡草放在臺階上，說：「八爺爺是個喜歡花花草草和各種小動物的怪人，那些東西對他來說就像是孩子，或者說是他的命，他一般不會讓人碰。不過八爺爺對自己倒是不在意，所以你可以隨便碰他，比如，你可以像我這樣——」

珠兒跳到臺階上，伸出雙手使勁摩挲著胡八爺爺的光頭。他雙目半睜，一點兒也沒有生氣的說：「反正我是個老頭子，隨便你們怎麼折騰，不過我的寶貝你們就不要碰了。」

端午也覺得好玩，他讓胡八爺爺坐下，給他那把大鬍子紮了一條辮子。捧著燈泡草出來的佩兒也加入了惡搞胡八爺爺的隊伍中，她拿著彩筆在胡八爺爺額頭上畫了一枚六角星，說道：「你完了，老怪物，今後你得隨時準備著幫助別人了。」

「為什麼？」

「六角星啊！這是異術師聯合會的標誌。」佩兒說。

「異術師聯合會？」端午想了半天，也沒想出什麼頭緒來。

「你不知道很正常，因為失憶了呀！」珠兒笑了笑，「在我們國家，甚至在全世界，都有一批與常人不一樣的人，他們擁有特殊的能力，我們把它稱為異術；擁有這種能力，並且得到異術師學校認證的人，稱為異術師。我們幾個當然都是異術師啦！在我們國家還有一個規矩，只要某個地方印有異術師聯合會的標誌，所有人都可以在那兒求助，可以讓異術師幫你做任何事情——當然都是有報酬的，不然我們也沒辦法謀生。端午，你應該注意到了，我們店的招牌上有六角星標誌。」

端午點點頭，說：「我還一直以為是我們店的商標呢！」

「杜先生才不會為自己的店設計這麼醜的商標。我和珠兒在學校時，還聯合其他同學寫過信，希望聯合會能換一個更好看的標誌。不過聯合會祕書長回信說，因為大家現在都稱聯合會為『六角星會』，這個標誌太深入人心，不能輕易改變。其實，他們不過是懶而已。」佩兒很無奈的說。

端午聽得一愣一愣的。聯合會和異術師，對他來說都像是另一個世界的事物，他要花一些時間才能完全理解。珠兒和佩兒又進倉庫搬出其他的燈泡草，端午也跟了去。

燈泡草藏在門上寫著「宮」字的倉庫裡。這間屋子裡沒有窗戶，門後有一盞昏黃的燈，四面是一個又一個緊緊挨著的大木箱。燈泡草被擺在倉庫正中央，是珠兒和佩兒剛剛從櫃子裡搬出來的。

這時，珠兒的影子落在燈泡草上，端午驚奇的發現，那些燈泡草的圓圓果實，閃爍著微弱的光芒。

「它們在發光！」端午不由得叫了起來。

「既然叫燈泡草，當然得發光，不發光才奇怪吧！這些草越來越厲害了，半年前儲存的光，現在還沒用完呢！」佩兒說完，抬起端午腳邊的一盆燈泡草，嘟囔道：「八爺爺也不來，這個老傢伙真會偷懶，和他共事太困難了！」

「他呀！一定剛走進走廊，就跑到他的祕密基地東摸西摸了吧！八老怪，詛咒他今天晚上身上所有的關節都疼得『咯吱、咯吱』響，一夜睡不著！」珠兒說。

可能因為太專注於詛咒胡八爺爺了，珠兒的雙手一滑，手中的燈泡草掉了下來。她與佩兒齊聲叫了起來，還好佩兒敏捷的伸出手，穩穩的接住了燈泡草。佩兒將花盆放在地上之後，突然跳起來，叫道：「天啊！嚇死我啦！珠兒，你就不能小心點！」

「你明明接得很穩嘛！佩兒。其實你不用故意嚷嚷，我對你還不了解？就算天塌下來，你也能輕輕鬆鬆撐住，何況只是一盆燈泡草呢！端午，你的體力恢復得怎麼樣？來幫幫忙吧！」

於是，端午也捧著一盆燈泡草，跟著珠兒、佩兒出去。

「為什麼要把燈泡草放在倉庫裡呢？」端午一邊走一邊問。

「燈泡草非常古怪，最害怕的就是光，平常都躲在黑暗裡生長。如果暴露在陽光下，不到三天，它們就會死光光。不過它們偶而也需要吸收陽光，把陽光儲存在自己的身體裡，然後到了晚上就會散發出光芒來，像是燈泡一樣，所以叫燈泡草。」

幫忙搬出兩盆燈泡草後，端午就覺得有些累了，於是坐在臺階上，享受著春天的陽光。院子裡的燈泡草微微搖晃自己的頭——也就是燈泡，看來正在儲存陽光。

很快的，端午也從珠兒和佩兒口中了解到，昨天那三隻老鼠出門尋貓，是杜先生接到的工作之一。貓的主人高夫人是鎮上最大餐廳——棲雲莊的老闆娘，為了找到自己的愛貓，支付給杜先生不少錢。

「我們的異術用在尋找貓兒、狗兒這種事上也太浪費了，可是沒辦法，牧陶鎮實在太寧靜，沒有其他大事可做。要不是因為杜先生的名聲，我和珠兒死也不會到這個鳥不生蛋的地方來。」佩兒感嘆道。

這時，杜月亭因為準備去門上寫了「羽」字的倉庫裡查看昨天收回的舊物，要端午幫忙照顧櫃臺。

「其實，你不需要做什麼，平常店裡幾乎沒有什麼客人。如果有人來了，你就到倉庫叫我。」杜月亭對端午說。

端午來到櫃臺前，陪伴他的是三團小火焰。他翻開舊物登記冊，上面記載著這些年來舊貨行的舊物流通情況，雜亂又零碎。翻了幾頁之後，端午又打量起架子上的小玩意兒。三團小火焰飄在端午面前，一邊為他照明，一邊為他解說。

最後，端午的目光回到櫃臺上那尊青銅雕像上，那是一尊做工精緻的鳥，不過可能太舊了，實在不怎麼吸引人的目光。而且，這隻鳥兒看起來真奇怪，不管怎麼看，都不像是什麼可以帶給人好運氣的鳥兒。

「這是藍翎。」赤影為端午解說，「我們三個也算是見多識廣，但還沒見過真正的藍翎呢！半年前，有個女孩跑到店裡來，請我們幫忙尋找任何有關藍翎的東西。前天，一個小乞丐不知道從哪個垃圾堆裡把這尊雕像翻了出來，送到了店裡。那三隻老鼠已經去通知那個女孩了，過不了多久她應該就會來取走這尊雕像。可是，她看起來不像是個有錢人，可能給不了多少委託費啊！想當年，我們三個還在一個貴族家中當差時，見慣了榮華富貴，每頓飯吞下的都是最好的木材，還有雞蛋什麼的。到了杜先生的店裡，就沒過上好日子。這兒的所有人都是窮鬼，但還自以為了不起呢！要不是懶得搬家，我們早就離開了。」

「這尊雕像值錢嗎？」端午問。

「有人會想要它，我都覺得奇怪呢！不過就像杜先生說的那樣，價值都是人賦予的，說不定那個女孩會覺得這尊雕像很珍貴呢！」橙影說。

透過與三團火焰的交談，端午了解到不少關於店裡的生意往來情況。

果然，就像杜先生說的，店裡幾乎沒有客人來。在櫃臺待得有些無聊了，端午決定到屋外的巷子裡看看，了解周圍的情況。來到這家店後，端午只在昨天幫杜先生搬東西時離開過屋子，對自己所處的地方完全不清楚。

走到店外，端午發現這條街上的屋子恐怕有好幾百年歷史了，青石板因為長年的雨水衝擊與行人踩踏，變得光溜溜的，靠近房屋的部分還長滿了青苔。

這時，四個人朝著舊貨行走來，端午趕緊回到店裡，希望那些人是上門的客人。果然，他們在店門口停了下來，抬起頭來打量了一下舊貨行的招牌，然後便跨進了店裡。

「歡迎光臨，請問你們有什麼事嗎？」端午笑著對客人說。

「奇怪，開場白不應該是『有什麼我可以為您效勞的』嗎？」四個人中年紀最小的那個女孩困惑的說。她看起來與端午年紀相仿，也和端午一樣瘦，可是，她足足比端午高出半個頭。與這個女孩一起的，有兩個快四十歲的人，應該是一對夫妻，另外還有一個六十多歲的老婆婆，看來他們是一家人。

「雙燈，只有我們『白月光』才會以這樣的開場白迎接客人。」老婆婆說。

這四個人已經在櫃臺前的椅子坐下。那個快四十歲的男人，看起來應該是一家之主，他對端午說：「孩子，你們店裡的負責人呢？」

「我馬上去叫杜先生，請等一下。」

端午離開櫃臺，去倉庫叫杜月亭。杜月亭本來在擦拭陶先生的那面鏡子，他趕緊放下手中的活兒，拉著端午一起往前廳走去，說是要讓端午也對店裡的一切有初步的了解。

這幾個人是看到招牌上那藍色六角星的標誌才進來的，他們也都是異術師聯合會的人。老婆婆名叫沈葉青藍，三十多歲的男人是她的兒子沈原，那女人是她的兒媳沈張惠雲，小女孩是沈原的女兒，名叫沈雙燈。端午聽沈原說，他們幾個是「白月光」協會的成員，受協會的委託，到牧陶鎮來執行一項任務。

「請問是什麼任務？」杜月亭笑著問。

沈原搖了搖頭，說道：「不能隨意打聽別的異術師的行動與任務，這是聯合會的首要原則，杜先生難道不知道？而且，你好像還不是『白月光』的成員，而是屬於『蜉蝣之羽』吧！這樣我更加不能把我們協會的機密告訴你了。」

兩個人都笑了起來，端午卻有些霧裡看花——大家不都是異術師嗎？難道還分屬不同的協會？他沒有找到合適的機會詢問杜月亭，只好在一旁安安靜靜的聽大家講話。突然，他感覺有誰正望著他，一轉頭，就撞上了沈雙燈的目光。沈雙燈倒是很平靜的將眼光移向了身旁的那尊藍翎雕像。

「需要我們為你們提供什麼幫助嗎？」杜月亭又問。

「我們要在牧陶鎮住上一段時間，不過沒有發現異術師經營的旅店。我們一家人一起出遊，經費有限，不是異術師開的店太貴，我們住不起，所以就找到你這兒來了。我們想先在你的店裡住上一段時間。你不用提供一日三餐，但如果你想要提供，我們也不會拒絕。」

「傻子才會讓你們這些人白吃呢！」青影從燈座上跳下來說道。

沈婆婆突然伸出手，端午看到一團白霧將她的手臂包圍起來。接著，她一把捏住了青影，幽幽的說：「作為火焰就好好的為我們照明，不要亂動，晃得我眼花，都沒辦法看書了。」

原來，她正在看一本比她還要老的書。

青影發出了「嘶嘶」聲，因為沈葉青藍的手變成了冰塊。他大聲叫道：「老太婆，快放開我，我要被你凍死了！」

沈婆婆裝作沒聽到青影的話，繼續看她的書。一旁的赤影與橙影按捺不住，跳下了燈座，叫嚷著要為自己的兄弟討公道。他們張開血盆大口，猛吸了一口氣，身體便脹得像兩顆氣球。接著，發出「哇」的一聲，從嘴巴裡噴出火來，撲向了沈葉青藍。

沈婆婆不慌不忙的伸出另外一隻手，從她的手裡飛出一團半透明的光，像是一隻鳥兒，又像是一片雲，仔細一看，卻是一張網。接著，又變成一面盾牌，擋在沈婆婆和火焰之間，讓火焰的攻擊達不到任何效果。

杜月亭鼓起掌來，說道：「擅長使用冰系能力的天南葉氏，果然名不虛傳啊！」

沈葉青藍收起自己的那張網，又放開了青影，說道：「過獎了，只不過是你的小火焰太不聽話了。」

「我倒覺得他們很好玩。杜先生，您能不能賣一團火焰給我呢？」沈雙燈說。

「不行！」赤影、青影和橙影齊聲叫道，接著赤影說：「要買就把我們一起買下，我們兄弟三個是不會分開的！」

「買三團一模一樣的火焰有什麼意思！算了，我不買了。」沈雙燈說。

「你們應該也沒有額外的錢可以買吧！」端午說。

沈雙燈氣得眉毛都豎了起來，她從椅子上跳下來，拔出了自己的短劍，指著端午，叫道：「我最討厭侮辱我家人的傢伙！小鬼，你也是異術師學員嗎？快，把你的武器拿出來，我們倆決一死戰！」

杜月亭和沈原同時要雙燈停下來，作為父親的沈原還訓斥了女兒幾句，不過語氣特別溫和。杜月亭告訴雙燈，端午不是異術師學校的學生。

「原來是一個什麼都不是的小鬼，那就不要打擾我們異術師談話了啊！」沈雙燈的語氣裡滿是不屑。

沈張惠雲白了女兒一眼，說：「真沒禮貌，你現在也不是異術師，只不過是個二年級的學生，像你這樣頑皮的孩子，說不定下學期就被學校開除了，一輩子都不能成為一名正式的異術師。」

「被學校開除了，我也可以參加異術師資格考試啊！反正我覺得自己所學的東西，比學校教的知識多得多。」沈雙燈說。

端午一句話也沒再說，他發現，自己與這些人似乎來自完全不同的世界。

「還是說說我們的生意吧！怎麼樣，你們能夠為我們一家提供住宿嗎？」沈原說。

杜月亭點點頭，說：「當然，不過我們沒有多餘的房間。二樓還剩下一間雜物室，另外還有一間小閣樓，這個前廳也挺寬敞，可以暫時住人。怎麼樣，你們願意住嗎？」

「只要有個睡覺的地方就行。不過既然你不能為我們提供舒適的住宿環境，我們也不可能給你太多的住宿費。」

杜月亭點頭同意了。一旁的沈雙燈說：「不是都說牧陶鎮的人待人熱情，最會招待賓客嗎？我們現在既然是你們的客人，為什麼你們不能把熱情待客與犧牲精神拿出來，好好表現呢？為什麼不能把自己的房間空出來給我們住？」

杜月亭搖了搖頭，說道：「對不起，我接待客人的首要原則是，這些客人的請求不能損害我和店員的利益，所以我不能讓他們搬離自己的房間。」

「自私鬼。」沈雙燈嘀咕了一句。杜月亭當作沒聽到。

最後的決定是，沈家的三個女人住在閣樓，沈原就在雜物室裡。他們把行李扔在閣樓後，便輕裝出門了。臨走前，沈原告訴杜月亭，他們不一定每天都回店裡過夜，所以希望杜月亭秉著一個異術師的良心，當他們不在時，不要把住宿費加上。

見他們走了，端午這才向杜月亭打聽起剛剛所不理解的那些事情。

杜月亭說道：「異術師一般都要在異術師學校裡學習五年，然後考取異術師資格證。考試合格後，才能成為正式的異術師。之後，可以考慮加入全國三十二個異術師協會。本來以前有五十三個協會，不過二十年前的一場戰爭，很多協會互相廝殺，使得其中的二十個協會永遠消失了。十年前，還有一個協會被異術師聯合會除名。

現存的協會裡，排名第一的是『蜉蝣之羽』，也就是我和珠兒、佩兒以及八爺爺所在的協會。排名第二的，就是沈家人所屬的『白月光』。每個協會都隸屬異術師聯合會，聽從聯合會統一指揮。

協會可以接任務、經營商店、參與政治與戰爭。也是因為二十年前的異術師戰爭，剩餘的三十二個協會聯合召開了異術師大會，通過了『異術師協議』，規定了異術師的職業準則以及協會間的相處原則。聽起來有點複雜，不過你慢慢就會了解了。」

「剛剛我也看到沈婆婆的能力了。所謂的異術師，是不是都像她一樣，擁有很多常人難以擁有的能力？」

「沒錯。那位沈婆婆所在的葉氏家族，在全國都很有名，他們喜歡使用冰。」

「那您呢？」端午問。

杜月亭笑了起來，說：「我平常使用大家都會的通用能力，像是鬼火和綠光，還有就是守護靈。沈婆婆手裡飛出來那張網一樣的東西，其實就是她的守護靈。她控制得很好，所以能夠變換出很多形態。還處在成長階段的異術師，很少能擁有那樣強大的能力，你看到了，那個叫沈雙燈的小女孩，是個二年級生，她還不能使用守護靈，只能透過武器——也就是她手中的短劍，才可以發揮出體內的特異能力。天啊！我幾乎把異術師學校一年級老師要講的所有內容都告訴你了。」

「可是，我說不定根本沒有異術師的能力呢！」端午說。

杜月亭拍拍他的肩膀，說道：「你給人的感覺很不一樣，有可能也是一個有異術師能力者。我們相處的時間太短，我對你還不太了解，你還忘了你的過去。今後我們慢慢看，如果你也有異能力天賦，那我就得送你去異術師學校，接受正規的學習與訓練。你現在不要著急，先慢慢適應你的新生活、積累有關新生活的記憶，再同時試著尋找從前的一切。不過，現在店裡住了沈家一家人，他們看起來可不是什麼安安靜靜的規矩人。」

「我周圍都是異術師，我也可以好好觀察、觀察你們。」端午點點頭。

異術師，是最早闖進端午那近乎空白記憶裡的一批人，在他心靈深處，也希望自己能擁有異術師的能力呢。

第　三　章

畫裡畫外

傍晚，牧陶鎮被巧克力一樣的夕陽包裹著，讓人沉醉。「難得好時光」這家舊貨行所在的桐花街位於牧陶鎮北邊，來到街口就可以看到落日。一整個下午，端午都在鎮上閒逛，直到肚子餓得咕咕叫，提醒著他該回家了。

想到有一個可以回去的地方，端午莫名的覺得心裡甜滋滋的。可是，有一件事情此刻正困擾著他——他外套的口袋裡，塞滿了各種各樣的小玩意兒，有戒指、項鍊、懷表、耳環、錢包……他不知道自己到底在想些什麼，當他經過熙熙攘攘的人群時，他的手似乎擺脫了大腦的控制，很熟練的伸向了大家的口袋。

「難道我以前是個小偷？」

端午使勁拍著自己的腦袋，希望回想起過去的情況，當然，他什麼也想不起來。老實說，他非常瞧不起喜歡偷東西的自己，如果杜先生知道了，又會怎樣想呢？會不會覺得自己是個壞孩子而後悔收留他，甚至把他趕走呢？如果杜先生要他離開，那他又該去哪兒呢？

「現在我該怎麼辦呢？」端午一邊往回走一邊想。

要把這些「戰利品」扔掉嗎？這樣當然最好，可是他又捨不得。如果不扔掉，是不是至少應該藏起來？但他一點兒也不熟悉牧陶鎮，把東西藏起來之後，自己恐怕會忘了藏在哪兒了吧！

很快的，端午來到了桐花街的入口，看到杜先生正趕著馬車，悠哉的回來。

端午作賊心虛的捏了捏自己的口袋，生怕杜先生注意到他口袋裡的東西。

杜月亭目光敏銳，已經發現端午的不自然，他讓馬車停在端午身邊，問道：「你口袋裡裝著什麼？」

「沒什麼。」

「鼓鼓的，不可能是空氣吧？」

端午只好把口袋裡的東西都拿出來，塞到杜先生懷裡。杜月亭看著端午，說道：「這些東西從哪兒來的？」

「撿來的。」端午平靜的說。

「真的？」

「偷來的。我也不知道自己怎麼就把這些東西偷過來了！老實說，偷東西的感覺……還……還不錯……」

杜月亭把那些東西放在馬車上的包裡，說道：「這可能是你失憶前的習慣，或者是職業。腦子裡的記憶很容易失去，但身體動作上的記憶卻可以持續很久。這些東西就先留在我這兒，今後你要控制住偷東西的欲望，懂嗎？」

「明白。」端午不禁鬆了一口氣，「我以前竟然會是個小偷呢！真丟臉。」

杜月亭「噗嗤」笑了出來，說道：「說不定你只是雙手比別人靈巧。我不會把你這個無法遺忘的小習慣告訴其他人，但你要慢慢改掉才行。另外，經過今天這件事，你不是對過去的自己有了一點了解了嗎？」

「我了解到了自己那見不得光的一面，發現自己一定不是個好孩子。」

杜月亭拍拍端午的肩膀，把他拉上馬車，趕著車，踏著夕陽回到舊貨行。

沈原臨走前告訴杜月亭，今天晚上他們不會回店裡過夜。胡八爺爺非常高興，因為他準備了一個更加重要的聚會。吸收了一整天陽光的燈泡草，到了晚上能散發出柔和、美麗的光芒來。店裡的人圍坐在燈泡草旁邊吃飯，別提有多溫馨，當然不需要太多外人參加。

晚餐依然在大廳裡，除了那三團飄來飄去的小火焰，沒有其他的燈光了。那十五盆燈泡草，放在大家身後的櫃臺與櫥架上，放射出繽紛、柔和的光芒。

這十五盆燈泡草共有四種顏色，大部分都散發出淡綠色和淡藍色的光，但有兩株燈泡草分別發出紫色與紅色的光，特別引人注目。胡八爺爺得意的告訴端午，這兩株燈泡草很罕見。

「因為罕見，這兩株比其他的燈泡草更加嬌弱。我和小杜把它們從山洞裡採出來時，天快亮了，有一點點光照在它們身上，它們馬上枯死了。不過我們運氣還不錯，燈泡草中間的種子保留了下來，我就把它們種在倉庫的花盆中。燈泡草可以活上十幾年，越到生命的盡頭，發出的光越明亮、耀眼。」胡八爺爺說。

「所有燈泡草都是您種的？」端午問。

「那兩株發出淡綠色光芒的燈泡草，是店裡回收的舊物。某個異術師要外出執行一項機密任務，得離開好幾個月，就把它們寄放在店裡，希望我幫忙照顧。後來，他一直沒再出現過。」

晚餐後，端午說服了胡八爺爺，把所有燈泡草都搬進了自己的房間裡。他拉上窗簾，月光照不進來，只有這些燈泡草散發出淡淡的光芒。端午覺得自己不是躺在床上，而是飄在星空裡，這些燈泡草就是圍繞著他的星星。恍惚之間，他覺得自己好像真的飄了起來，感覺不到床的存在了。

不知道過了多久，端午聽到窸窸窣窣聲，他猛的驚醒，從床上坐了起來。隱隱約約的，他看到一個黑影從窗戶跳了出去，另外一個黑影就在他的床邊。端午並不覺得害怕，他想也沒想就跳下床，伸手抓住那個人的衣服。那個神祕人甩開他，但端午又敏捷的抓住了他的手臂。那個人個子不高，手臂也很細，應該也是個小孩子。他拚命想要掙脫開端午，端午只是緊抓著他，於是，兩個人扭打在一起。最後，那個人還是跳出窗戶逃走了。

端午房間的響聲引起了店裡其他人的注意，他的房門差點被敲得掉了下來。

「端午，發生什麼事了？快開門！」杜月亭的聲音傳來。

端午來到窗前，外面的巷子空空蕩蕩的，看來神祕人已經走遠了。他打開房門，杜先生、胡八爺爺、珠兒、佩兒、三團小火焰還有那三隻小老鼠，一窩蜂的湧了進來。他們表情嚴肅又凝重，看來真心為端午的安危擔心著。

一到晚上，端午的情感也變得特別脆弱，他差點就因為感動而哭出來了。不過，除了杜月亭，所有人的目光都沒集中在端午身上，他們幾乎都把端午當成空氣，全都來到了牆上掛著的那幅畫前面。那是一幅長方形的普通風景畫，差不多和端午一樣高。畫的正中間是一條通往森林的小路，小路旁有一棟木屋，木屋左側有一個小水潭。

「我剛剛看到那個逃跑的黑影了。」珠兒說。

「不知道我的寶貝是不是被偷走了？」佩兒的語氣相當沉重。

「什麼寶貝？」端午問。

沒人搭理他。很快的，三團小火焰就撲向了那幅畫，端午叫了聲「危險」，伸手想要阻止他們，那三團小火焰居然消失了！下一秒，他們便出現在畫裡了。接下來，三隻小老鼠也跟著跳進了畫中，珠兒、佩兒和胡八爺爺也相繼跨進了畫裡。端午瞪著畫中大家的背影，喃喃的說：「這到底是怎麼回事？大家竟然走進了畫裡的世界！」

「沒錯，一個虛幻又美好的世界。一位老先生過世前，把這幅畫送給了我，我就一直把它掛在這空置的房間裡。剛開始，八爺爺還不太願意把這房間給你住，他擔心你會發現他的祕密。」

「什麼祕密？」

「八爺爺，不，應該說店裡所有員工，都把自己最珍惜的東西藏在這幅畫裡。剛剛不是有賊來了嗎？他們現在是跑進畫裡查點自己的東西了。不用擔心，他們很快就會回來。」

「您怎麼沒去呢？」

「我可不會把最珍惜的東西藏在那麼遠的地方。」

端午拿起燭臺，對準那幅畫，希望從畫裡找到大家，不過大家已經鑽進畫裡的樹林中了。他深吸一口氣，伸出手指摁在畫上，希望自己也能進入畫中世界。不過，即使食指都快彎成九十度了，他依然在畫外。端午一氣之下，一拳打在畫上，沒想到這一拳竟讓他的手臂淹沒在畫裡了。

「哈，我好像也可以進去！」端午興奮的說。

「這幅畫本來就來者不拒啊！只是要用對方法。剛剛你可真粗魯。」

端午吐了吐舌頭，抬起左腳踢進畫裡，又一頭撞過去。有一瞬間，他的眼前一片黑暗，像是跌入了異世界裡，他不禁覺得有些害怕。不過很快的，眼前又明亮起來。

端午跌進了畫中世界，摔了個狗吃屎，嘴裡還銜著一撮青草。草葉澀澀的，像真的一樣。

「感覺怎麼樣？」杜月亭的聲音從端午身後傳來。

端午從地上爬起來，拍拍身上的青草。一陣風吹亂了他的短髮。端午覺得心情舒暢，大叫一聲，跑了起來。他來到小木屋旁的水潭邊，顧不得一切，脫掉鞋子和外套，一頭跳進水潭裡。水溫溫的，柔軟的包圍著他，像是絲綢。等他從水裡鑽出來時，杜先生也來到了他面前。

「太棒了！」端午叫道，「我們的店叫『難得好時光』，好時光就是在這兒度過的時光吧！」

「有時候厭煩了外面世界的吵吵鬧鬧，我也喜歡到這畫裡來散步、休息。這間房子就是我建造的，當然，使用的都是畫裡的原材料。這兒確實非常棒，但畢竟是畫中的虛幻世界，待的時間太長可不是什麼好事。」

「會有什麼樣的後果？」端午從水中爬出來，依然有風，可是他一點兒也不覺得冷。果然，這個世界和外面的世界不太一樣。

「我也不太清楚。送我畫的老先生告訴我，如果沉迷在這虛幻世界裡太久，我們也會成為這個世界的一部分，變得不再真實，可能就再也回不到現實的世界了。現在，我們去找大家吧！你也可以順便熟悉一下這個世界。」

杜月亭拉著端午走進樹林裡。十幾分鐘後，兩人遇到了三團小火焰，他們很高興，因為他們的寶貝完好無損。端午問他們把什麼藏了起來，三團小火焰怎麼也不肯告訴他。

赤影打了個大呵欠，說：「既然是藏起來的寶貝，怎麼能隨便告訴你呢？我們要回去睡覺了，真想念燈座呀！再見。」

三團小火焰嘻嘻哈哈的離開了，端午對杜月亭說：「您是他們的老闆，一定知道他們把什麼東西藏起來了吧？」

「這是員工的隱私，我也不能隨便打聽呀！不過你這麼聰明，說不定猜得出來。你就想想火焰最喜歡什麼吧！」

「難道是木柴？這有什麼珍貴的？」

杜月亭搖搖頭，笑著說：「再猜猜吧！不著急。」

繼續往前走，沒過多久，端午聽到草叢中傳來細微的聲響，接著，兩隻大灰兔跳了出來，很快又鑽進草叢裡，朝遠處跳去。

杜月亭指著野兔消失的方向，說：「一直往這兒走，就可以找到八爺爺的祕密基地了。」

胡八爺爺的小茅屋藏得很好，被一大片翠綠的竹子圍繞著，小屋四面還爬滿了藤蔓。屋前的院子裡，幾隻小兔子躥來躥去，屋頂上則棲息著四、五隻渾身藍色的鳥兒。

胡八爺爺就站在院子裡，懷抱著一個裝滿玉米粒的小盆子，一臉滿足的望著小兔子們。端午和杜月亭靠近時，那些小兔子先是縮成一團，接著便鑽進了屋子裡。

胡八爺爺非常不滿的叫道：「小杜，我們不是說好了，任何人都不能隨便到我的祕密基地來嗎？我家的這些小傢伙不喜歡你們！」

「對不起，八爺爺。端午還是第一次到畫裡來，我當然要帶他看看您這精美絕倫的基地啊！端午，這兒是不是非常了不起？是八爺爺多年的心血呢！」

「真漂亮。」

端午望著屋頂上那幾隻藍色的鳥兒，牠們正悠閒自在、慵懶的梳理著羽毛，或是縮著脖子、閉著眼睛打盹。

「這些是什麼鳥兒？」端午很好奇，「看起來和店裡櫃臺上那尊雕像有點像。」

「藍翎，在這個虛幻世界與現實世界都同樣存在，櫃臺上那雕像也是藍翎。牠們平常很安靜、很溫馴，不過，如果你不小心惹怒了他們，牠們絕對會在你的頭上啄出大大小小的膿包。」

這時，幾隻蜘蛛從胡八爺爺身後那黑漆漆的屋子裡爬出來。牠們的身體比普通蜘蛛大十倍，兩隻眼睛紅紅的。端午嚇得躲在杜月亭身後，渾身都嚇出雞皮疙瘩來。

這些蜘蛛也是胡八爺爺飼養的「小寵物」，他稱牠們為「可愛的小東西」。牠們非常喜歡胡八爺爺，像保鏢一樣圍在他身邊。看到端午被蜘蛛嚇住了，胡八爺爺得意的哈哈大笑起來，同時叫那些蜘蛛回屋子裡去。

「您還養了些什麼可怕、奇怪的動物啊？」蜘蛛離開後，端午問。

「多得我自己都數不清了。這林子裡的所有動物，都是我的朋友。現在我帶你去看看稀奇的。我馴養了好幾隻深藍色的兔子，像大海一樣藍。」

胡八爺爺帶著端午和杜月亭朝茅屋後的樹林子裡走去。這兒種滿松樹，走著、走著，還能聽到松果被踏碎的聲音。慢慢的，頭頂的樹葉越來越稀疏，陽光照了進來。

這個世界裡沒有黑夜，沒有暴風雨，一年四季都溫暖如春、陽光普照。不過一成不變的天氣與氣候，偶而也會讓人厭煩的。

最後三人離開了樹林，來到一大片草叢裡。這兒的草很深、很茂盛，矮小的端午只能露出頭來，他感覺自己像在綠色的海洋裡游泳。越往前走，草越來越矮小，最後，那些草甚至都不到端午的膝蓋了。而在離草叢不遠的地方，是一片霧茫茫，看不清楚霧裡有什麼。

「好大的霧。」端午說。

「它從來都沒消散過。」杜月亭說。

胡八爺爺停下來，吹了聲口哨，不一會兒，幾隻藍色兔子從四面八方湧過來。杜月亭按住了端午的手臂，示意他不要動。因為除了胡八爺爺，其他人一動，那些兔子就會受到驚嚇而跑開。

端午一動不動的望著圍繞在胡八爺爺腳邊的藍色兔子，他發現，這些兔子的眼睛也都是藍色的。牠們看到胡八爺爺很高興，胡八爺爺更開心，蹲下來撫摸著那些兔子的腦袋。

「真想像八爺爺那樣，蹲下來摸摸這些兔子的頭啊！」端午想。

突然，一隻兔子的目光轉向端午，愣愣的望著他。

端午也望著那隻兔子，感覺牠的藍眼睛像大海一樣深邃又廣袤無際，看不出心裡到底在想著些什麼。

端午慢慢的蹲下來，那隻兔子依然望著他，甚至還朝他靠近了幾步。其他兔子敏銳的察覺到了端午的小動作，全都豎起耳朵盯著他。

終於，端午完全蹲了下來，並且像雕塑一樣靜止不動。那些兔子也放鬆了，繼續和胡八爺爺玩耍。胡八爺爺上衣的口袋像是個大儲藏室，他源源不斷的從裡面掏出青菜葉和胡蘿蔔來。除了那隻望著端午的兔子，其他的都被美食俘擄了。

「牠好像想要告訴我什麼。」端午想著，又睜大了眼睛，想要讀懂那隻兔子的眼神。過了一會兒，那隻兔子突然抬起頭，調轉方向朝草叢那邊跑去，最後鑽進了茫茫大霧中。隱隱約約的，端午聽到微弱的聲音從霧裡傳來──「跟我來。」

端午幾乎從草地上跳起來，沿著兔子的路線跑進了霧裡。其他藍色兔子則被嚇得跑進了草叢或是霧中。

「端午，快回來！」杜月亭叫道。

端午已經消失在霧裡了。沒辦法，杜月亭只好鑽進霧裡。但他什麼也看不清楚，該怎樣尋找端午呢？他不斷叫著端午的名字，可是聲音像是被吞進大霧怪的肚子裡一樣，一點兒回音也沒有。胡八爺爺站在霧外，咒罵似的叫著杜月亭和端午的名字，唾沫橫飛。

端午彷彿被那個微弱的聲音給迷住了，雖然聽到了杜月亭的叫喚，他絲毫不想回應。霧很濃，但他始終能看到那隻藍色的兔子。他感覺不到腳下的地面，感覺不到空氣，感覺不到累，也感覺不到高興，一心一意只想跟著那隻兔子前進。

慢慢的，濃霧散開了，蔚藍的天空像巨大的蓋子罩在一望無際的草原上。那隻兔子在草叢中跳上跳下，不時回頭看看端午。端午跟著牠爬上緩緩的斜坡後，看到斜坡另一邊有一個藍色的湖，湖水在陽光下閃爍著星星點點的光芒。

端午來到湖邊，發現岸邊掛著另外一幅畫，畫中是一間滿是書架、擺滿鮮花的書房，書房中光線昏暗，一切都朦朦朧朧的，看不真切。那隻兔子跑到畫前，縱身一躍，跳進了畫裡。

「又是一幅可以跳進去的畫呀！難道是畫中的另外一個世界，真複雜。」端午抬起腳跨進了畫裡，一瞬間，黑暗包圍了他，他來到了畫裡的世界。

確切的說，他「走出了畫中世界，來到了書房裡」——這書房的牆上掛著一幅畫，畫的是剛剛他置身其中的那片草原。藍色兔子在他的腳邊轉了幾圈，又跳回畫裡。端午只顧著打量書房，不小心撞到了書桌，幾本書掉在了地上。不過，他發出的聲響並沒有吸引這房子的主人過來。

「請問有人嗎？」端午一邊看著那些花花綠綠的書籍，一邊大聲問道。

書桌上有一本關於龍神的童話書，端午感覺封面有些熟悉，便拿著書來到窗戶前。他慢慢閱讀，彷彿從童話裡的一幕幕中，看到了自己的過往。不過一切都是模模糊糊的，中間隔著一層霧，他依然看不清楚過去的自己。說不定以前的自己也這樣讀過這本書，或許讀過很多、很多遍。那時的自己都想到了些什麼呢？

讀了十幾頁後，端午把書放回書桌上，離開書房來到了走廊。他再次大聲問了句「有人嗎？」可是依然沒有人回答他。

他一直來到走廊盡頭的小陽臺，這陽臺幾乎被藤蔓包圍了，一群蜜蜂圍繞著藤蔓上開出的小花飛來飛去。端午望向陽臺外，嚇得大叫起來，沒想到陽臺下面是深不見底的萬丈深淵，隱隱可以看到懸崖底那泡沫般的水花。

「天啊！這究竟是什麼地方？」

端午離開陽臺找到樓梯，來到了樓下。大門從外面鎖上了，這棟房子的主人應該出門了。端午從窗戶跳到院子裡，院子裡種滿了奼紫嫣紅的花，但他沒心思細看，直接來到了院子外。

這是一棟修建在山頂的小別墅，別墅的一側靠近萬丈深淵，另一側是下山的緩坡，坡上長滿了野草，盛開著各種各樣的野花，微風吹過，還能聞到花的香氣。山坡下是一片鬱鬱蔥蔥的樹林，玉帶一樣的小河從樹林裡流出。

離樹林不遠的平坦河谷地帶，錯落分布著許多青瓦房，看來是個小鎮。小鎮那邊的天空呈現出橘黃色，看似太陽要出來了。

這兒不像是牧陶鎮，但又是哪兒呢？唯一可以確定的是，小別墅的主人和杜月亭一樣，擁有一幅神奇的畫，這兩幅畫的畫中世界是相通的。

這時，端午腦子裡突然回響起杜月亭呼喚他的聲音，看來，他應該回去了。端午透過書房裡的畫，又回到了湖邊。他看了畫中的書房一眼，希望下次來這兒時主人在家，大家就可以一起喝茶、吃點心了。

很快，端午又走到那漫天的大霧中，並且聽到了杜月亭的聲音。藍色兔子已經不見了，端午憑著感覺在大霧中摸索，尋找著杜月亭。

真奇怪，他什麼也看不到，可是他的腦海裡像是有一個羅盤，指引著他沿著正確的方向前進。很快的他就找到了杜月亭，不過他並沒有打招呼，而是悄悄繞到杜月亭身後，然後碰了碰他的手臂。

杜月亭反應敏捷，幾近條件反射一樣，抓住了端午的手腕，他的力氣很大，端午疼得叫了起來，趕緊說道：「杜先生，是我。」

杜月亭鬆開手，摸了摸端午的的臉，說道：「你把我嚇死了。」就在這一刻，他發覺自己真心喜歡上這個小男孩，因為端午讓他感覺到了痛苦與擔心。

端午清楚的知道腳下的路，他領著杜月亭走出了迷霧，回到霧那邊的草坪上。此時，胡八爺爺已經把三隻老鼠、珠兒與佩兒都叫了過來，大家都擔心極了，可是又不敢輕易踏進霧裡去尋找失蹤的兩個人。

「你們既然擔心，就應該來找我們。」端午說。

「這可不是普通的霧。以前我和佩兒去這大霧裡探了一次險，被困了三天三夜，差點沒能活著出來。老闆您真厲害，竟然能從裡面走出來。」珠兒說。

杜月亭搖搖頭，說：「我在霧中也完全迷失了方向，說是尋找端午，最後還是端午發現了我，把我帶了回來。端午，你真了不起。」

「我倒是覺得，霧裡的路比霧外還要清楚呢！我也不知道怎麼回事。對了，剛剛我穿過大霧，到了另外一片草原上。」

「除了這片樹林，大霧那邊還有另外的世界嗎？」佩兒問。

端午把自己剛剛看到的一切，原原本本告訴大家。聽完之後，大家都半瞇著眼睛望著濃霧，似乎想讓目光穿透大霧，看到端午描述的一切。

「看來那隻兔子是想帶你去看畫那邊的世界。我聽畫的前一任主人說過，有些人可以穿過迷霧，當然啦！他不行，我也不行。」杜月亭說。

「我可以帶你們去那邊的世界看看。」端午說。

「當然好。不過不是今天，不是現在。我們在畫裡待的時間太久了，該回去睡覺了。」杜月亭說。

珠兒、佩兒都打起呵欠來，大家一起朝回店裡的路走去。不過胡八爺爺沒和他們一起離開，他得回祕密基地，和他的奇怪動物朋友們進行一場漫長的告別。

大家回到了朝陽初升的牧陶鎮，各自回房休息。杜月亭走在最後，他剛打開端午房間的門，三團小火焰就飄了進來。赤影說：「老闆，您仔細看看，端午的房間是不是有些奇怪？」

「有什麼奇怪的？」杜月亭環視著端午的房間，很快的，他的表情變得嚴肅起來，轉過身望著三團小火焰，「燈泡草不見了？」

「沒錯！」赤影尖聲說。「可能是半夜被那個小偷偷走了，我們也是剛剛才發現！」

「不是一個，是兩個，我看到兩個人，而且後面那個還是個小孩！」端午說。

他也發現遺失了兩盆燈泡草，而且是胡八爺爺最引以為傲的紫色與紅色的燈泡草。

「完了，完了。」青影吐著火舌，「八爺爺一定會發好幾天的脾氣。」

「而且，他一定會把所有氣都出在你身上，端午。」橙影有些幸災樂禍。

第　四　章

黑貓

「今天大家最主要的任務，就是尋找那兩盆燈泡草，最好能在八爺爺發現之前把它們找回來。我們店很舊了，八爺爺生起氣來，鐵定會掀翻天花板，我們得盡量避免這樣的事情發生。」

杜月亭把店裡所有員工召集起來，向他們說明。他希望偷走燈泡草的那個人了解燈泡草的習性，不要讓它們長期暴露在光照下。他本來也準備出門尋找，不過，今天那位預訂藍翎雕像的女孩會來取走雕像，他決定接待她之後再出門。

端午覺得燈泡草遺失，最主要的責任在他，所以他一定要一起尋找燈泡草。不過他沒有任何異能力，也不熟悉牧陶鎮，杜月亭擔心他找不到燈泡草，反倒還把自己弄丟了。

「如果你也有守護靈可以幫忙就好了。」珠兒說，「這樣的話，你就可以讓你的守護靈做不少事情，你自己呢！就能坐在陽光明媚的屋頂上，等著守護靈把消息帶給你。我和佩兒就準備這麼做。」

珠兒和佩兒出門前，同時召喚出自己的守護靈。她們倆是堂姊妹，守護靈也一樣，是兩隻小巧、略帶黃色的鳥兒。不過她們還不能靈活控制自己的守護靈，守護靈的力量也不是特別強大，所以，這兩隻鳥兒看起來一點兒也不漂亮。

杜月亭叫住了這兩個女孩，說道：「既然你們想讓守護靈幫忙尋找，那為什麼不留在店裡工作呢？倉庫裡還有好多東西需要整理，經過了一個冬天，也需要拿出來曬一曬。」

「哎，老闆，不要這麼死板嘛！今天陽光多好啊！是出門曬太陽的好日子。您就一個人留在店裡發霉吧！有這樣好的一個藉口可以蹺班，我們怎麼可能待在店裡呀！老闆您放心，一定會找到那兩盆燈泡草的。再見！」佩兒說。

「等等我們！」三隻小老鼠也跑到了店外。

珠兒不耐煩的叫道：「走開！離我們越遠越好！哪有淑女帶著老鼠出門的！你們還是走地道吧！順便叫你們的老鼠兄弟幫忙。」

「我也要出去找。」端午懇求道。

杜月亭拗不過他，說道：「好吧！你確實也該多出去曬曬太陽。不過我不能讓你一個人去。」

杜月亭伸出左手在面前畫了個圈，他的指尖裡便跳出一隻深綠色的鳥兒。鳥兒在大廳裡飛舞了一會兒，停在他的手臂上。

「這是我的守護靈，是一隻青鳥。等會兒你和他一起出門，他可以幫你帶路，幫你尋找，也可以為你解悶，而且，不是我自誇，大家絕對會羨慕你擁有這樣漂亮的守護靈。」

端午高興極了，他感覺被青鳥圍繞著的杜月亭，像天使一樣莊嚴。他真希望自己也擁有異能力，有一天能夠召喚出自己的守護靈。

三團小火焰飛過來，赤影在杜月亭耳邊說：「我們三個也出去幫忙吧！」

「你們留下來幫我，倉庫裡太暗，你們負責照明。上次你們偷偷跑出去瘋玩，燒掉了兩間鋪子，把我所有的積蓄都賠光了。現在要是你們再燒掉幾間商鋪，那我只好賣掉舊貨行了。」

三團小火焰相當沮喪，又是瞪眼睛，又是吐舌頭，心裡應該已經咒罵了杜月亭一千遍、一萬遍了吧！雖然不情願，他們還是乖乖回到了燈座上。

杜月亭讓端午伸出手，只點頭示意了一下，青鳥就飛起來，停在端午的手臂上，還用他的頭蹭了蹭端午。守護靈沒有實體，很輕、很輕，像一片羽毛。

端午跟杜月亭和三團小火焰道別，正準備出門時，杜月亭又叫住了他。

「端午，不要像昨天那樣，順手拿走別人的錢包或首飾，好嗎？就算你很看不慣某個人，也不能搶走屬於別人的東西，明白嗎？」

「我知道。」端午說。

其實，端午完全不知道該去哪兒尋找燈泡草，所以他只是跟在青鳥後面閒逛。他回想著昨晚所遭遇的一切，回想起和自己打鬥的那個小孩的特徵。那孩子絕對不會比端午年長多少，力氣也不是特別大，端午甚至覺得，如果自己再加把勁，絕對可以打敗他。

事實上，端午可以確定，他把那個神祕人的手臂抓傷了。可是，街上來來往往的小孩太多了，他總不能抓著他們的手臂，一一檢查是不是有受傷吧！

真奇怪，和那個神祕小偷交手時，端午一點兒也不害怕，倒有幾分興奮。難道以前的自己，是被當成戰士培養的嗎？也可能是當小偷太久，早就習慣了和別人打架吧！

端午完全確定自己以前一定是個小偷，當他看到那些晃來晃去的錢袋、金光閃閃的耳環和店鋪裡的商品時，他的手會不自覺的拉著他靠近。好幾次他都差點沒控制住自己，偷走別人的東西。端午盡量不去看周圍那些吸引人的東西，強迫自己把注意力轉移到尋找燈泡草上。

過了一會兒，端午才發現青鳥帶著他朝江邊走去。兩隻黃色的半透明鳥兒掠過他頭頂，與那隻幾乎看不見的青鳥問好，很親暱的在他耳邊訴說著什麼。他們是珠兒和佩兒的守護靈，不過這兩隻守護靈比他們的主人勤快多了，只是在空中稍作停留，便又開始自己的尋找工作。

沒過多久，迎面走來一隻黑貓，那隻青鳥突然俯身衝向黑貓，把牠叼起來飛到空中。青鳥帶著黑貓在空中盤旋了幾圈，那隻可憐的貓嚇得「喵喵」叫個不停。

端午沒想到杜老闆的守護靈會這麼頑皮。過了好一會兒，青鳥才把黑貓放下，飛回天空。那隻貓的身體縮成了一團，在地上瑟瑟發抖。看牠全身的毛柔順又有光澤，應該不是流浪貓。

端午蹲下來摸摸那隻貓的頭，想要安撫牠，黑貓並沒有反抗。端午開玩笑似的對牠說：「青鳥會抓住你，是不是因為你就是偷走燈泡草的小偷？難道你是妖怪，會變成人形？」

黑貓抬起頭看了端午一眼，從他的手臂下鑽走，繼續慵懶的晨間散步。端午繼續往江邊走，很快又看到一個穿著破爛衣服的小孩子，正用奇怪的眼神打量著他。端午轉過頭看著小乞丐，懷疑小偷可能就是他。不對啊！這個男孩比小偷矮小得多，而且他好像被端午嚇著了。

「明明覺得有些熟悉啊？」端午心想。

他馬上回過頭，朝著那個小乞丐跑去。小乞丐聽到了他的腳步聲，回過頭瞟了他一眼，逃命似的跑了起來。

端午很快抓住了他。那個小乞丐身上的零錢全都掉了出來，端午幫他一一撿起，並且悄悄的將自己身上攜帶的零錢都混在小乞丐的錢裡，然後再一把塞進他的口袋。

他對小乞丐說：「跑什麼？你很怕我嗎？」

「沒有。」小乞丐低著頭說。

「真的嗎？」端午的口氣像是在威脅他，「快說，不然的話，我有很多辦法讓你開口喔！」

小男孩嚇得全身發抖，結結巴巴的說：「非常……非常對不起，那天我……我不是有意要拿走你的錢包，只是……只是你……」

「我怎麼了？哪一天？你慢慢說。」端午全身的神經都繃緊了。

「四天前的晚上，很晚了，我正準備回橋下過夜時，你突然從一條巷子裡衝出來，像個醉漢一樣東搖西晃。你要我帶你到有六角星標誌的地方。我只知道杜老闆的『難得好時光』有這樣的標誌，據說，有這個標誌的商店，可以接受大家的任務。在那之前，我還撿到一尊鳥兒雕像送到那兒，所以對那兒很熟悉。

我帶著你來到杜老闆的店門口，不對，是扶著你。之後你摔倒在門口，嚷著要我離開。我扶著你時，碰到了你腰間的袋子，裡面像是裝著錢，所以在放下你離開前，我悄悄的把你的袋子拿走了。事情的經過就是這樣，我沒有騙你。你袋子裡的錢不是很多，都被我用光了，但我會慢慢存錢還給你。賣鳥兒雕像的錢還剩下一些，你要不跟我一起去拿？」

「不用了。」端午搖了搖頭，「你走吧！」

那個小乞丐走了兩步又停下來，回過頭對端午說：「你確定剛剛塞到我口袋裡的錢，也不用我還？」

「不用，其實那天晚上你幫了我一個大忙，你偷走的錢和我今天給你的錢，就當是我感謝你的吧！」

端午朝那個小乞丐揮揮手，轉身離開了。現在他可以確定，自己暈倒在舊貨行之前，頭腦還很清醒，記得要尋找有六角星標誌的地方，也就是尋求幫助。那自己之前究竟遇到了什麼事呢？越想越頭大，端午索性不去回想，反正他現在已經在自己想要去的地方住下了。

江邊停泊著幾艘五彩斑斕的木船，晚上這兒可熱鬧了，有唱歌的、聽曲的、飲酒的、做生意的、看熱鬧的，燈火通明，染紅半邊天，不過白天卻很安靜，街上的人也少。在青鳥的帶領下，端午沿著江邊的小路朝著江的上游前進。

牧陶鎮地勢北高南低，北邊的郊外是幾座起起伏伏的高山，有一棟灰色、陰森又恐怖的大樓，孤伶伶矗立在的山坡上。而連接那棟樓與牧陶鎮的，是一條鬱鬱蔥蔥的林蔭道。

青鳥帶領著端午朝著大樓走去，很快來到小路的盡頭。這兒有一條比桐花街更加破舊的小巷子，每間屋子都像醉漢一樣東倒西歪，好像隨時都會倒下來。

穿過巷子之後就是無休無止的上坡石階，看來是往山上的捷徑。石階兩旁的屋子也同樣古老，大多荒廢了。青鳥有時會從破掉的窗戶飛進屋子裡，被他的身體碰到過的地方，似乎都閃閃發光，煥發出新的生命力。

總算爬完了石階，經過幾棟破舊的民宅後，端午來到了連接灰色大樓和牧陶鎮的林蔭道上。那棟灰色房子真大，好多大煙囪突兀的聳立在屋頂上，看起來像個大工廠。一輛馬車從大樓院子裡駛出來，青鳥飛到馬車上空，不停打轉。不過，趕車的那兩個人注意力都集中在前方的路上，絲毫沒有注意到青鳥。

青鳥究竟想要幹什麼呢？端午一點兒也不明白。馬車越來越近，端午讓到了路邊，這時，一個聲音從樹叢中傳來：「他想讓你拿走車裡的糖果。」

端午嚇了一跳，循著聲音望過去，看到樹叢中有兩隻綠色的眼睛，是一隻黑貓。

「是你在說話嗎？」端午輕聲問那隻貓。

那隻貓跳到端午腳邊，說道：「他想要糖果，或者說，杜月亭想要糖果。畢竟，這隻青鳥的行為大多代表著他主人的想法。」

「杜先生喜歡吃糖果嗎？」

黑貓點點頭，說道：「這輛車上載運的，是這家糖果工廠生產的、最美味的糖果，據說需要花費整整一個月，才能完成數以百計的製作工序。想想都讓人流口水的美味糖果啊！這種糖果，向來是牧陶鎮最受歡迎的點心，在開始製作之前，它就被那些有錢人家給預訂光了。現在，這些人可能就是準備將糖果送到顧客家裡吧！

杜月亭的經濟情況你一定了解吧！他才沒錢預訂這比金子還貴的糖果呢！所以青鳥會帶你上這兒來，看來是準備打劫。可是他畢竟是杜先生的守護靈，秉持著杜先生的死板原則，絕對不能容忍自己當小偷，只好透過這樣的方式暗示你啦！怎麼樣，你要不要拿點回家送給他？在杜先生家裡白吃白住這麼多天，你也應該有些表示才行吧？」

「好主意！」端午彈了一下手指，不過馬上又想起杜月亭對他所說的話，他再也不想偷東西了。那隻貓看出端午的猶豫，用兩隻後腿抓了抓石板，說道：「如果你不去，那就由我出馬吧！」

話音剛落，那隻貓就像皮球一樣跳到空中，瞬間變成貓肉炸彈，砸在馬車頂上。「砰」的一聲，兩個趕車人趕緊吆喝著馬兒停下來，四處尋找攻擊者。

這時，那隻黑貓已經鑽進了車廂裡，一陣乒乒乓乓的聲響之後，一團黑色不明物體從馬車裡蹦出來，徑直飛向端午。端午伸手接住了飛來的東西，是一盒香氣四溢、包裝得很精緻的糖果，端午忍不住咽了咽口水。

偷東西不好，但這是黑貓拿的，可不是他偷的。想到這一點，端午毫無愧意的把糖果放進了口袋裡。很快的，又有兩盒糖果飛過來，端午也都笑納了。那隻貓還在車裡摸了半天，才飛出來撲向端午。端午本來也想接住他，可是看到他那四隻閃著寒光的爪子時，他默默讓到一邊，那隻貓重重的摔在了地上。

「過河拆橋的傢伙！」那隻貓從地上跳起來，指著端午叫道。

「我可不想被你的爪子抓破相了。」

這時，運送糖果的人張牙舞爪的朝他們撲過來，端午知道現在可不是吵架的時候，他按著口袋裡的糖果盒，拚命朝反方向逃命。

那兩個人並沒有追過來，倒是傳來幾聲慘叫。端午回過頭，看到那隻貓從一個人臉上跳下來，那個人正摀著自己的臉哇哇大叫。另一個人伸手要抓住那隻貓，他敏捷的跳了起來，撞向那個人的腦袋，竟然把他撞倒了！

接著，黑貓跳到倒下的那個人身上，大聲說道：「記住，搶走你們糖果的小孩，是『難得好時光』那家舊貨行裡的新員工謝端午！就這樣告訴你們老闆，聽到沒？」

「才不是我幹的呢！」端午說著，準備衝上去教訓那隻貓。這時，從糖果工廠的院子裡湧出好幾個彪形大漢，端午見狀，趕緊逃跑了。

端午鑽進了一條隱蔽、安靜的巷子裡才停下來。他大口、大口喘著粗氣，這才發現青鳥不見了，他一定是飛回舊貨行通知杜老闆了吧！

好不容易才讓呼吸平穩下來，那隻黑貓突然從端午旁邊的屋頂跳下來，穩穩落在他面前的石板上，說道：「你跑得可真快。」

「嚇死我了，你這隻臭貓！」端午一把拎起那隻貓，「你就是我在路上遇到的那隻黑貓，對不對？青鳥還帶你去天上玩了一會兒，沒想到你是個貓妖。」

「我確實是妖怪，你也好不到哪兒去，渾身一股古怪的氣味，不是妖怪就是異術師吧！」

那隻貓朝四周瞅了瞅，見一個人也沒有，就變成了人形——是個十一、二歲的男孩，身高與端午相仿，也和端午一樣瘦弱，不過他臉圓圓的，而且面色紅潤。

端午有些驚訝，不太習慣這突然的改變，說道：「明明是你搶走了那些糖果，還硬要扔給我，你卻說是我主使了整件事，你想要害死我啊！杜先生知道了一定氣個半死！」

「誰教你不接住我！我很生氣。」貓妖邊走邊說，「而且，你不得不承認，像剛剛那樣很好玩吧？」

「好玩是好玩，可是杜先生不准我再偷東西了，說不定，他一氣之下會把我趕走。我無依無靠，又沒有以前的記憶，都不知道該去哪兒。」端午有些感傷的說。

「你怎麼了？失憶了？」

「你不是連我的名字都知道了嗎？怎麼會不知道我失憶的事情呢？你究竟是誰啊？看起來好像和杜先生很熟，可是我到這家店裡已經好幾天，一直沒見過你啊！」

「我和杜先生是老朋友了。當然啦！我是妖怪，活了很久，杜先生和我的友誼，只是我漫長生命中的一瞬間而已。我有自己的工作，不能老是待在杜先生家裡啊！我的工作可辛苦了，一天二十四小時都得不到休息。」貓妖歎了口氣。

「你在哪個貴族家裡當僕人嗎？」

「不是當僕人，是當寵物。棲雲莊你知道吧！本鎮最豪華的餐廳。我是棲雲莊老闆娘的寵物，是她的寶貝，一刻看不到我，她就急得罵人，所以我得整天陪著她。」

端午突然想到之前聽三隻小老鼠說過的話，問道：「前幾天，我們店裡的三隻老鼠好像四處尋找一隻離家出走的寵物貓，難道就是你？」

貓妖笑著說：「沒錯。一天二十四小時和一個沒有腦子的無聊胖夫人待在一起，誰能受得了？我有時也需要有自己的空間，需要呼吸一下新鮮空氣。」

「那你怎麼不離開那個家呢？」

「當然不行。」貓妖一臉嚴肅，「那兒的生活很安逸，很有規律，不用風裡、雨裡奔波，傻子才要離開呢！杜先生是我非常重要的朋友，我經常離家出走，還能幫他賺錢呢！每次我離家，高夫人都會讓杜先生把我找回來；高夫人很大方，杜先生每次都可以拿到一大筆委託費。」

「你真是個不錯的朋友，但不是一隻好寵物。」

「幾年前，杜先生曾經從一個異術師手裡救過我的命，他是我這輩子最大的恩人，比任何人都重要。雖然他從來沒有要求我報恩，但我不可能忘記他的恩情。」

這時，端午想到了什麼，停下了腳步。貓妖也停了下來，問道：「怎麼不走了？」

「你過來。」端午摸著下巴，一臉神祕的樣子。

貓妖覺得很奇怪，但還是來到端午身邊。端午依然摸著下巴，圍著貓妖轉了兩圈，突然一把抓住他的左手，撩起他的袖子，清清楚楚看到他手臂上有幾道抓痕。

端午笑著說：「昨天就是你闖進我的房間裡，偷走了燈泡草，對吧？怎麼樣，我的爪子神功還算厲害，不比你的利爪遜色吧？」

「你是我見過最惡毒的人類小鬼。沒錯，昨天確實是我，還成了你爪子下的犧牲品，不過，燈泡草卻不是我偷走的。我認識杜先生已經好幾年，早就知道他擁有燈泡草，如果我要偷走它們，早就下手了，哪會等到現在。我剛剛說過，杜先生是我的救命恩人，我才不是恩將仇報的壞妖怪呢！」

「說得有道理。那你為什麼會出現在我的房間？你和之前離開我房間的那個黑影沒有關係嗎？」

「我也是半夜突然發現那個黑影在杜先生家的院子裡，才會跑過來查看，沒想到我跳進你的房間後，那個傢伙居然抱著兩盆草，靈敏的躲開了我，從窗戶跳了出去。我本來準備跟出去抓住他，卻被你纏住了。等我擺脫了你，帶著傷衝出去，那個黑影早就不見了。

後來我又想，半夜跑進杜先生家裡，也不是什麼光采的事，也就沒有告訴他。再說了，反正你們也在尋找燈泡草，我就想，如果我先找到了，一定能給杜先生一個驚喜。最近太無聊了，尋找燈泡草也能讓我的生活有趣一點。」

「那你剛剛搶走糖果，也是因為你覺得很無聊，對不對？」端午笑著說，「確實很好玩。我們現在也算是朋友了，你叫什麼名字，臭貓妖？」

「苗逐一，意思是，我的目標只有一個。」

「什麼目標？」

「成為世界上最厲害的貓妖，讓所有的貓妖對我俯首帖耳，然後再挑戰其他妖怪，成為萬妖之王，最後征服所有人類異術師，獲得世界的統治權。」說著，逐一「噗嗤」笑了起來，「其實這個名字是我老媽取的，所以準確的說，這是她的願望，她希望我成為一個有出息的貓妖。可是我現在全職當寵物，整天無所事事，過得多頹廢呀！真是辜負了她的一片苦心。不過，我可不覺得成為最厲害的貓妖有什麼意義。不管厲害還是笨拙，不都要吃飯、睡覺、玩耍，不都要死嗎？」

「沒錯。」端午點頭道。

「不過，你應該有生活目標才好。你們人類的壽命太短了，如果渾渾噩噩的度過，很快你就老了，然後會為現在的無所事事後悔。你不像我們，可以活上好幾百歲，甚至幾千歲。老實告訴你，雖然我看起來和你差不多大，其實我已經七十歲了。」

「七十歲？」端午的眼珠都快瞪出來了，「這麼說來，你是名副其實的『老妖怪』了？老妖怪先生，您好！」

「我的心態可是很年輕的。」

逐一決定和端午一起回舊貨行，他們沿路吃掉了一整盒糖果，剩下的打算帶回店裡送給杜先生。逐一準備獨自承擔起搶糖果的責任，但端午也想與他分擔，因為現在他們是朋友了。

吃著糖果的同時，端午又想起剛剛逐一所說的話，便說：「我也覺得，作為人類應該要有一個目標。雖然我想不到自己的目標是什麼，但心裡似乎又有一個很大的志向。現在，我只清楚，我想要更了解自己，想要恢復記憶。當然，如果我有親人或是朋友，我也希望他們能到這兒來找我，我不喜歡一個人孤伶伶的。」

當他們走到桐花街街口，逐一突然感覺到什麼，馬上變回貓形，跳上了屋頂，抬起頭望著天空。端午順著他的視線望過去，看到一隻黑色的大鳥正在攻擊一隻灰色的小鳥，那隻小鳥發出撕心裂肺的慘叫聲。這時，杜先生的青鳥飛過來，撲向那隻黑色大鳥。

逐一努力了半天，總算也把自己身體裡潛藏著的守護靈逼了出來，那是一隻比逐一的本體漂亮得多的半透明貓，也是黑色的。他身體輕盈，輕鬆的跳到了天空中，和青鳥一起攻擊那隻黑色大鳥。不久，那隻黑色大鳥便處於下風。青鳥在他身上狠狠啄了一口，黑色大鳥像是破了個小洞的氣球，隨即消散在空中。

「他也只是保護靈，是主人力量的一種體現。」逐一說著，從屋頂跳下來，變成了人形，守護靈也回到了他的身體裡。

「我想問你一個問題，守護靈有名字嗎？」端午突然說。

「有是有，但一般只有守護靈的主人知道，不會告訴其他人。很抱歉，我不能告訴你。」

這時，那隻被攻擊的灰色小鳥再也支撐不住，從天空掉了下來，幸好逐一接住了他。他受了很重的傷，已經奄奄一息了，不過卻掙扎著想要飛起來。逐一按住了他，說道：「小妖怪，不用勉強自己啦！有什麼事情我們可以幫你。」

「我要找『難得好時光』裡的胡八爺爺。」那隻小鳥兒說完便暈了過去。

第五章

兩位訪客

杜月亭一眼就注意到了逐一懷裡那隻受傷的鳥兒，他捧著鳥兒來到櫃臺後，拿出藥箱，細心的幫鳥兒包紮。端午在一旁看著，逐一不停的在屋子裡踱來踱去，當他輕輕掀起珠簾準備鑽進走廊時，杜月亭頭也不抬的說：「逐一，不要在店裡搗亂。」

「我什麼時候搗過亂了？」逐一放下珠簾，來到杜月亭身邊，「我一直徘徊在您的店周圍，是想找機會幫您。」

「這裡沒有需要高夫人寵物幫忙的地方。」杜月亭開玩笑的說。他把鳥兒身上的傷口清洗乾淨後，又對端午說：「你可不可以去祕密基地找八爺爺？」

「他還待在那兒嗎？」端午有些驚訝，已經快中午了。

「我也一起去！」逐一說。

「他去好嗎？」端午問。

「我又不是不知道那個什麼祕密基地，就在那幅畫裡嘛！我也去過不少次，走吧！小端午，我帶著你，你就不會迷失在畫裡了。那兒有一片大霧，你一定會被嚇個半死。」

逐一故意誇大其辭，他完全不知道，端午已經穿過那片大霧，到達了霧那邊的世界。

他們才剛來到走廊，杜月亭就捧著灰色小鳥擠到兩人前面，一邊朝著自己房間跑去，一邊慌張的說：「逐一、端午，快幫我應付一下。」

杜月亭的話音剛落，大廳就傳來一個尖細的女人聲音：「杜老闆在嗎？」

那個女人把聲音拖得很長，不像是找人，倒像是撒嬌。端午起了一身雞皮疙瘩。逐一笑了起來，說道：「好玩的人來了。」他轉身走回大廳，端午覺得好奇，也跟著他回去。

大廳裡有一個三十幾歲的女人，她很瘦，長脖子可以和長頸鹿媲美，兩隻招風耳上掛著兩串金耳環，就算她不動，耳環也不停的晃來晃去。逐一小聲的對端午說：「她是鎮長大人的妹妹戚夫人。」

戚夫人正故作高雅的欣賞屏風上的畫兒。她以為身後的人是杜月亭，自顧自的說道：「這幅畫我看過不下一百次了，每次都能從畫裡看出新的意趣來。不愧是杜先生，對藝術品的鑒賞能力，也高人一籌。」

「夫人，據我所知，杜先生非常喜歡畫畫，這屏風上的畫每個月都要換一次，恐怕您沒有機會看它看上一百次，除非您每天來店裡三次以上。不過，如果您來得太勤，杜先生一定會選擇把舊貨行開到其他鎮上。」逐一忍住笑說道。

戚夫人回過頭瞪著逐一和端午，氣得眉毛全擰在一起。她伸出那恐怕有兩寸長的指甲，指著逐一，叫道：「小鬼，不要對我無禮，小心我讓哥哥把你抓起來，扔進孤兒院！」

「我倒是巴不得有家孤兒院肯收留我，這樣就不用每天求杜老闆讓我留下來了。您最好趕快告訴鎮長大人，我迫切希望能有一個家呢！」逐一故意這樣說，刺激得戚夫人快跳起來了。

戚夫人的大名叫宋之朝，是鎮長先生——宋之夜同父異母的妹妹。宋鎮長是個非常和善的人，大家都喜歡他，他的妹妹完完全全與他相反，整天仗著自己的身分欺負別人。宋鎮長教訓過自己的妹妹很多次，仍然無法阻止她。

牧陶鎮裡，恐怕只有杜月亭的話，宋之朝會句句服從吧！別看她已經三十出頭，可是卻像個年輕女孩，迷上了杜月亭。要不是因為丈夫相當有錢，可以給她舒適的生活，再加上她還有個十歲左右的女兒，她恐怕早就和丈夫離婚，纏著讓杜月亭娶她了吧！

戚夫人每個星期都會到舊貨行串門子，希望把自己像舊貨一樣賣入這家店，可是，這家店所有人都沒有接手的意願。用珠兒與佩兒的話來說，「難得好時光」歡迎一切轉手貨物，並會盡最大努力讓這些舊貨再次煥發生命光采，不過很顯然，戚夫人在大家的修復能力之外。

「逐一小鬼，杜老闆在哪兒？我不想見到你，快去把他叫出來！」戚夫人瞪著逐一說道。

逐一搖了搖頭，裝作很為難的樣子，說：「這我可作不了主，我不過是這兒的一位客人。要不你對他說說吧！這是謝端午，杜老闆店裡的新成員，也算是他的半個兒子。」

「半個兒子？」戚夫人仔細打量起端午來。

逐一點點頭，說道：「端午的母親和杜老闆算是青梅竹馬，她請杜老闆好好照顧自己的兒子，杜老闆就把端午接過來一起住了。因為他母親的緣故，杜老闆相當聽端午的話呢！」

戚夫人聽到「青梅竹馬」這幾個字，頓時妒火中燒，燒穿了心臟，又「咻」的一聲衝到了她的頭頂，連頭髮都豎了起來。她伸出手，指著端午，脹紅著臉，說道：「你……你……」過了半晌，她一個字也吐不出來，又瞪了端午一眼，轉過頭衝出了舊貨行。

逐一與端午笑得腰都直不起來。過了一會兒，逐一說：「端午，她現在一定恨死你啦！戚夫人對杜先生可說是死心塌地啊！任何待在杜先生身邊的人，都會被她當成情敵。珠兒與佩兒分別是情敵一號與二號，現在，你成為情敵三號的兒子啦！」

「這是你第二次陷害我了。」端午說。

簾子突然發出嘩嘩聲，杜月亭走了出來，笑著對逐一說：「你越來越機智了，今後要是戚夫人再來，我就讓小火焰們把你叫來應付她。對這位夫人，我實在沒辦法。」

「如果您結婚了，她就不會糾纏您了。」端午提議道，「雖然您很愛我的母親，不過她畢竟有自己的家了，您還是另外找一個更年輕、更賢慧的妻子吧！」

杜月亭並沒有聽到逐一剛剛隨口編造的謊言，驚訝的望著端午，問道：「這是什麼意思？我怎麼不知道我還愛著你的母親呢？你的母親是誰呀？」逐一笑著把剛剛的事情告訴杜月亭，杜月亭也笑了，說道：「因為你的一、兩句話，我便有了一段辛酸的愛情往事啊！」

「那隻小鳥兒怎麼樣了？」端午關心的問。

「我已經替他包紮好傷口，沒有生命危險。現在，你們倆快去把八爺爺拉出來，他在畫裡待得實在太久了，每次都是這樣。」

端午和逐一把胡八爺爺叫回來之後，珠兒和佩兒也回來了，她們沒有找到任何線索。胡八爺爺心急如焚的跑去二樓書房探望那隻小鳥兒時，他還沒醒過來。

「這個小妖怪是誰？」杜月亭問。

胡八爺爺喝了口茶，揉了揉自己的太陽穴，說道：「是我堂弟的小嘍囉，住在北方的月生鎮，離這兒遠著呢。我和堂弟已經快二十年沒聯繫，不知道這個傢伙怎麼突然跑來找我。而且，竟然還被守護靈所傷。」

杜月亭嚴肅的說：「八爺爺，我得鄭重的提醒您一句。不要再繼續待在虛幻的世界裡，您每次從那兒出來，都像是十天十夜沒睡覺一樣。再這樣下去，您的身體遲早會垮了。」

「誰說的？」胡八爺爺邊反駁邊放下那揉著太陽穴的雙手。

端午這才發現，胡八爺爺看起來比昨天蒼老了好多。

「我倒是感覺自己比平時更年輕，精力也更旺盛了，畢竟是和我喜歡的小動物待在一起。」胡八爺爺自信滿滿的話也掩藏不住他滿臉的疲憊。

杜月亭說：「您還是先去休息吧！這隻小鳥兒醒過來之後，我會叫醒您。」

「我說過我不累，讓我守在這個小傢伙身邊吧！」

「可是，您昨天晚上都沒怎麼睡覺啊！就算您不為自己著想，也該為您那畫中的小動物考慮一下吧！他們一定也希望您趕快去休息。反正店裡一直都很清閒，如果忙起來，您再起床幹活也不遲。」

杜月亭的眼神很有說服力，胡八爺爺像個孩子那樣乖乖點了點頭，一邊打著呵欠，一邊朝著書房外走去。十分鐘後，珠兒端著點心去胡八爺爺的房間時，在門外就聽到了他那足以掀翻屋頂的呼嚕聲。

在端午的威脅下，逐一把自己昨天晚上見到的一切都告訴大家。珠兒與佩兒聽完，雙雙撲到了逐一身上，分別抓住他的兩隻耳朵，疼得逐一「喵喵」叫了起來。

珠兒說：「又是你這隻臭貓搗亂吧？口口聲聲說什麼報恩、報恩，我們早就發現你不懷好意了！」

「兩位姊姊，真的不是我做的，我對天發誓！龍神大人可以證明我是無辜的！」

「龍神大人才不會注意到你這種不起眼的小角色呢！你就老老實實招了吧！快說，燈泡草被你放在哪裡了？」佩兒說著，又使勁擰了擰逐一的耳朵，他叫得更厲害了。

杜月亭制止了她們倆，說道：「你們小聲點，現在八爺爺累壞了，還沒來得及關心他心愛的燈泡草。你們這樣一吵，萬一他醒了，又得鬧上半天。逐一，你告訴我，昨天晚上你是在哪兒發現那個人影的？」

「就在您家院子的圍牆上。我可是貓妖，最活躍的時間就是晚上，昨天我像平常一樣，在牧陶鎮的屋頂上散步。杜先生，您新收養了一個小男孩的事情，我早就知道了，而且我也知道，您對這個小鬼還不錯。我就想著，晚上我得來看看，這個小鬼到底是什麼鬼模樣，能得到您的喜愛，當然啦！我也準備抓他幾把，或是在他臉上畫上鬍子，以表示我對他到來的熱烈歡迎。端午，你好好聽著，不要動手動腳。」

原來，端午聽了逐一的話很生氣，伸出兩隻手抓住了逐一的頭髮，逐一想甩開也沒辦法，只好忍著痛繼續說道：「我剛剛來到您家院牆上，就看到那個黑影鑽進了端午的房間。我悄悄跟了過去，然後就發生了昨晚的慘案，您家的長爪子小鬼，把我的手臂抓破了。端午，你放心，昨天晚上跟你在黑暗中交手之後，我就很喜歡你啦！你身上散發著一股讓人很喜歡的氣息。這也是今天我跟了你一路的原因，我是專程來與你交個朋友的。」

「你是不是想說臭味相投？」端午沒好氣的說。

「隨便你怎麼說啦！不過，不僅僅是臭味相投。」逐一鄭重的搖了搖頭，皺著眉頭，想了半天才說道：「你身上有一種很美好的氣息，像是祝福一樣，讓人覺得溫暖。」

「祝福？」端午重複道。

「沒錯，你一定是被神祝福過的孩子。」

逐一一臉鄭重，端午笑了起來，說道：「沒想到你還挺會說話嘛！」

「就算挺會說話，也不是個好妖怪。」佩兒幽幽的說，「而且，你剛剛所說的一切，並沒有讓燈泡草失竊事件有個頭緒，倒是讓它更加亂了。半夜闖進來的傢伙到底會是誰呢？逐一，你的鼻子不是很靈嗎？有沒有聞出那個傢伙是人、妖怪還是鬼魂？」

「不知道。我並沒聞到什麼明顯的氣味。」

「這就怪了。」珠兒也皺起了眉頭。

「看來，一時之間我們也找不到燈泡草，只能把詳細情況告訴八爺爺了。逐一，如果八爺爺氣得拆了我們的店，你可得負責修補。」杜月亭說。

「沒問題，我可以多離家出走幾次，讓您多找我幾次，這樣的話，您賺的錢就可以買一棟新房子啦！」逐一笑嘻嘻的說。

「成交。」杜月亭也笑了。

這時，三隻老鼠吵吵嚷嚷的鑽進書房裡。他們三個早上跑到異術師經營的酒館裡喝了一上午，渾身都是酒氣。不過，因為是老鼠，對貓的氣息相當敏感，很快就注意到了逐一。

三隻老鼠嚇得抱成一團。丁丁說道：「逐一大人，您不會又離家出走了吧？」

「沒有，只是例行的散步而已。而且，今天我不想抓老鼠玩。」

三隻小老鼠鬆了一口氣，趴在地上。

丁當說道：「這樣就好。老實說，我們三個天不怕、地不怕，就怕您了，逐一大人。等等——」丁當突然跳了起來，在端午腳邊嗅來嗅去，笑嘻嘻的說：「小鍋蓋，你的口袋裡裝著什麼好東西，怎麼不拿出來和大家分享？」

佩兒說：「說得對。我也一直聞到你身上很香，是糖果吧？想一個人獨吞？這可不是好孩子該有的行為呢！」

端午從口袋裡拿出那兩盒糖果，畏畏縮縮的遞給杜月亭，說道：「這是送給您的禮物，謝謝您這些天的關照。」杜月亭並沒有伸手去接，反而嚴肅的說：「你又偷東西了？」

「不是他偷的，是我搶的。」逐一把今天上午在糖果工廠前發生的一切，從頭到尾說了出來。除了杜月亭以外，所有的人都對苗逐一的慷慨行為表示了讚歎，三隻小老鼠甚至準備從端午手裡接過糖果開吃。不過，大家都知道杜月亭的個性，看他一句話也不說，誰都不敢輕舉妄動。

最後，杜月亭終於說道：「你真的告訴那些員工，搶走糖果的是端午？」

「沒錯。」

杜月亭很無奈的接過糖果，說道：「沒辦法，既然美味到家，也不好意思送回去，我就暫且收下吧！下午如果郭老闆沒派人來找我賠償，我就親自到他的糖果工廠去道歉。現在，反正大家都在，乾脆先把糖果吃掉。」

「太棒了！」珠兒歡呼，「一顆糖果，一整天的好心情！逐一，你總算幹了一件好事！」

「謝謝珠大小姐誇獎。」逐一摸了摸自己的耳朵，「請問，今後我的耳朵可不可以少受些折磨？」

中午，杜月亭親自下廚做飯，珠兒和佩兒圍在他身邊，洗菜同時添亂。逐一和端午也時不時鑽進廚房「巡視」一番，順手拿點東西塞進嘴裡。不過，杜月亭做的菜，味道實在不怎麼樣。

午餐準備好了，杜月亭讓端午和逐一把胡八爺爺叫起來。逐一神祕兮兮的拿著胡八爺爺的枴杖，帶著端午進屋，站在離胡八爺爺的床老遠的地方叫了他一聲。胡八爺爺「嗯」了一聲，翻了個身繼續打呼嚕。逐一用枴杖戳了戳他的臉，沒想到他突然一腳踢過來。逐一和端午趕緊閃到房間的角落。

「真厲害！」端午說。

「這個老頭子，年輕時一定過著非常沒有安全感的生活吧！連睡覺都這麼警惕。他老是吵著晚上睡不著，現在睡著了，我們就不應該把他叫醒。」逐一把枴杖放在牆角，拉著端午離開了。

直到下午兩點多，胡八爺爺才醒過來，他看起來比上午精神多了，在大廳轉了一圈，抱怨大家沒叫他吃午餐，然後又發現櫃臺上的藍翎雕像不見了。

「客人已經來過了。」杜月亭說。

「我沒遇到她，真是可惜，大家都喜歡藍翎，本來想著能和她聊一聊。」胡八爺爺感嘆道。

「您的祕密基地裡不是有很多藍翎了嗎？」端午問。

「可是，我從來沒在現實世界裡見到過那些鳥兒，那位客人說不定知道他們生活在哪兒。」

稍晚，端午送逐一離開後，剛剛回到店門口，就聽到胡八爺爺那殺豬般的叫聲。端午心裡一沉，明白胡八爺爺已經知道燈泡草的事情了。

他來到大廳裡，看到胡八爺爺正趴在櫃臺上哇哇大叫，不像是為燈泡草哭泣，倒像是失去了一個至親的人。胡八爺爺已經很老了，他沒有結婚、沒有孩子、沒有親人，那些燈泡草和他祕密基地裡的那些奇怪小動物，就是他的一切。

端午很難過的向胡八爺爺道歉，他叫道：「現在說對不起有什麼用！我的燈泡草沒啦！我可是花了不少時間才培養出來的呀！我恨死你啦！小鬼！從你來到這個家裡，我就知道你准不能給我帶來好運！」

「八爺爺，這不關端午的事情。我們都在幫你找尋燈泡草，想盡力解決這件事，端午也有幫忙。如果實在找不到，我們會陪你去山洞裡再採幾株。」杜月亭說。

「我也會去幫忙！」端午趕緊說。

胡八爺爺的鬼哭狼嚎瞬間止住了，他轉過頭看著杜月亭，說道：「你真的要陪我去妖怪森林採燈泡草？」

「我說話算話！」

「我也要去！」端午再次表達意願。「對了，剛剛逐一說，昨天那個小賊從自己手中溜走，讓他很沒面子，這幾天他也會利用離家出走的機會，幫你抓那個小偷。」

「所有人都很關心燈泡草的事情，八爺爺。因為那是您心愛的東西。」珠兒說。

胡八爺爺似乎鬆了一口氣，他擦了擦眼淚，又整理一下自己那凌亂的鬍子，說道：「也只能這樣了。端午，你說過要和我還有小杜一起去妖怪森林採新的燈泡草，你可不要後悔。」

「為什麼要後悔？妖怪森林很危險嗎？」

「這個嘛……」胡八爺爺狡黠的笑了，「你到了那兒就知道了，那是一種珍貴的經歷呢！我還是去看看那隻小鳥兒吧！不知道醒過來沒？我都忘了他叫什麼名字了。」

下午，杜月亭要清點倉庫裡的物品，端午便負責看顧前廳的生意。店裡一直都很冷清，直到三點多，才有一對四十多歲的夫婦上門。他們買走了一面別致的銅鏡，準備送給自己的女兒當新婚禮物。

當他們問起銅鏡的價錢時，端午聽杜月亭說是三百塊，便伸出三根手指。那對夫婦恐怕是太有錢了，爽快的從錢包裡掏出了三千塊遞給端午，還一直說價錢便宜。

端午吐了吐舌頭，心裡高興極了。他將多賺到的兩千七百塊錢，偷偷藏進了自己的房間裡，當作私房錢。他沒告訴杜月亭，他覺得杜先生太死板，說不定會讓他把客人多給的錢還回去。

杜月亭一直待在門上寫著「羽」字的小倉庫，這間倉庫裡存放的是最近收購的舊物，與其他倉庫比起來，裡面光線很好，有助於修復那些損壞的舊物。

在前廳待得百無聊賴之時，端午悄悄溜進了倉庫，看到身著白衣的杜月亭，正拿著絲巾擦拭著那面不能反光的鏡子。

從門口望過去，杜月亭像是融化到了光裡一樣，這樣的景色，端午似乎見過，但想不起來了。或許前世，或許更久遠的年代，那時的他還不叫謝端午，不是十歲左右的小孩，不是男孩，說不定也不是人類，只是空氣中的一粒塵埃。

「一直待在前廳，一定很無聊吧？」杜月亭說。

「確實很無聊，做這樣的生意很沒意思啊！半天也見不到一個客人。杜先生，您真的能靠這家店賺到錢嗎？」

「賺錢不是主要目的，我只是想為舊物尋找新的主人。物品也有自己的生命，主人對它的在意，會讓它對主人產生留戀。每件舊物都有著它的歷任主人留在上面的痕跡，它們是活生生的歷史記錄者。我們異術師即使擁有很強大的能力，依然不能像逐一那樣活上幾百年，甚至幾千年，我們沒有時間慢慢經歷一切，只能透過舊物，想像那些離我們很久遠的時光。之前發生過一件很有趣的事，你想不想聽？」

端午點點頭，順勢倚靠著那面鏡子。

「我和八爺爺剛開始經營這家舊物行時，來了一位年輕的客人，她正準備結婚。一直以來，她一個人住在老房子裡，因為要嫁到外地，無法照料她的房子，便把家裡不能帶走的東西賣到我們店裡。那些舊物中有一個很不起眼的青銅鼎，與臉盆差不多大，已經存放在她家倉庫裡好多年。

你知道那個鼎是從哪兒來的嗎？是逐一留下的。當他還是個小妖怪時，非常喜歡在那間老房子裡搗亂，那家人一直用最好的東西招待這位貓大人，而那些東西就放在那個鼎裡。久而久之，那個鼎竟然成為這家人的傳家寶之一了。對於物品來說，人類的一生只是一瞬間；對妖怪來說，我們也不過存在於他們生命的一個瞬間吧！」

「那個鼎現在還在店裡嗎？」

「在。逐一覺得很有紀念價值，便將它放在我們的花園裡，種上了一叢水仙，你到花園裡就可以看到了。」

杜先生一邊說話，一邊擦拭著鏡子，可是不管怎麼擦，鏡子看起來依然跟幾天前一樣，像是一塊粗糙的石頭。端午說：「我總感覺這面鏡子裡藏著什麼祕密。」

「每件舊物裡都藏著一個祕密，可能是物品自身的，例如：它的材質與製作年代，但大多數是關於物品主人的。前兩天我聽陶先生說過，他買下這面鏡子前，這面鏡子孤伶伶的待在倉庫裡，被灰塵包圍了，沒有人想到、注意到或關心過它的存在。物品最害怕的就是主人的冷落。我想，如果我每天幫它擦拭鏡面，說不定它一高興，就開始照出人影來。」

端午吐了吐舌頭，小聲說：「真是個奇怪又幼稚的大人。」他覺得倉庫裡也沒有什麼意思，準備回到前廳去，他可不想讓昨天晚上的失竊事件再度上演。

回前廳之前，端午特意走到花園裡，果然看到了那個青銅鼎，裡面種的水仙花長得很好看。他蹲下來觀察自己種下的那粒奇怪種子，一點兒也沒有發芽的跡象。他有些心急，覺得可能是種子出了問題，差點把種子挖了出來。不過，最後他忍住了。他想到一句不知道從哪兒聽來的話：「珍貴的東西總是慢慢成長。」

前廳裡傳來了說話聲，端午趕緊跑過去。一個中年男人站在櫃臺前，一臉不耐煩的打量著貨架上的商品。他又高又瘦，像是一具活著的骷髏。雖然他渾身上下都被包裹在黑色大衣裡，可是偏偏繫著一條花花綠綠的領帶，懷裡還抱著一本花花綠綠的筆記本。

他瞟了端午一眼，說道：「你們的老闆杜——等等——」他打開自己的筆記本瞅了瞅，繼續說，「杜月亭，古怪的名字。沒錯，杜月亭先生在嗎？」

「您稍等，我馬上叫他過來。」

端午來到倉庫裡，把古怪客人的來訪通報杜月亭。杜月亭一邊清洗雙手，一邊說：「應該是糖果工廠郭千重老闆的祕書吳先生，他一直都是個怪胎。」

「他是來追究今天發生的事情嗎？」

「應該是。不用擔心，我能應付，你不用出來。」

端午還是跟著杜月亭來到前廳，吳先生已經在櫃臺前的椅子坐下。他很不屑的看了杜月亭一眼，說道：「我來到您這個小店，是例行公事，代表郭老闆與您商討今天上午發生的一點小糾紛。據那些員工的描述，我可以肯定，這個小孩，應該就是上午事件中的搗蛋鬼吧？」

接著，他轉頭對端午說：「那隻會說話的黑貓呢？不會是妖怪吧？我最討厭的就是妖怪了，所有妖怪。」

「我也挺討厭您的，先生。」端午毫不客氣的說。

吳先生總算正眼看了端午一眼，說道：「幸好我們不需要相互喜歡，小鬼。幸好我們工廠裡有多出來的糖果，才沒怠慢我們的客人，沒造成什麼損失。」

吳先生接著說：「郭老闆寬宏大量，他說，搗亂的既然是一個小孩和一隻古怪的貓，他也不想追究。而且，那個小孩是您店裡的人，郭老闆覺得杜老闆向來是牧陶鎮最友善的人，又是什麼異術師協會的成員，幫了我們不少忙，雖然他對異術師沒有什麼好感，但也不想讓您難堪。不過杜老闆，我們都是生意人，這件事情不能就這樣算了，今天我到這兒來，便是要與您商量賠償的事情，當然，您最好能代表店裡的員工，向我們道個歉。」

「不用杜先生代表，我自己向您道歉。」端午恭恭敬敬的給吳先生行了個禮，「對不起，今天我不應該跟著那隻貓胡鬧，拿了您工廠裡生產的糖果。今後我再也不會做出這樣的事情，請您原諒。」

「剛剛還凶巴巴的一個孩子，怎麼突然就變得這麼有禮貌了？真讓人驚奇。」吳先生說。

杜月亭爽快同意了吳先生提出來的賠償條件，又說：「聽說你們這批糖果是要送給蜘蛛精辛如舜的。你們被他威脅了嗎？有什麼需要我幫忙的嗎？當然，今天的事情實在很不好意思，我不會收你們的委託費。」

「不需要您幫忙，謝謝。」吳先生的表情有些為難，「您知道，郭老闆向來不喜歡，更不相信異術師。」

「如果你們需要幫忙，我隨時都會效勞。」杜月亭依然彬彬有禮的說。

吳先生歎了口氣，站起來，說道：「要是郭老闆能夠同意，我們倒是都希望您能幫幫忙。不過……算了，我先走了，再見。」

「看來異術師也不是隨時隨地都受歡迎啊！」吳先生離開後，端午說。

「異術師也是人，有著自己的一大堆缺點，當然也會有讓人不滿意的地方。」

杜月亭說。

第六章

舊歡如夢

沈原一家把行李放在店裡的第二天晚上，總算回來休息了。他們看起來很疲倦，都頂著兩個黑眼圈。沈婆婆最誇張，她的頭上竟然還夾雜著好多雜草葉子。

他們回來時，店裡的人正在吃晚餐，所以他們毫不客氣的加入了。沈原說，他想和杜月亭進行一場異術師間的友好對決。

聽說異術師聯合會每年都會舉辦這樣的大會，每個異術師協會都得派代表出場，透過各種各樣的異術決鬥分出勝負。聯合會把這一年一度的決鬥稱之為「六角星盃」，雖然是友好的、娛樂性質的決鬥，比賽結果卻會影響到各個協會的年度排名，所以每年個個協會都會派代表，拚盡全力爭得好名次。

異術師大多好鬥，這種對決在民間也很流行，大家都說，兩個異術師相遇，最好的問候方式不是握手、擁抱或是親吻，而是比試一場。

「等這次任務完成了，我們就約個時間比試，你看怎麼樣？」沈原說。

「奉陪到底。」杜月亭笑瞇瞇的回答。

端午一直觀察著過於活潑的沈家人，看著沈婆婆不停欺負三團小火焰，沈雙燈和珠兒、佩兒因為某個小問題（雙眼皮好還是單眼皮好）爭吵，沈原先生不斷吹牛，沈夫人不停傻笑。無意中他發現，看起來衣冠楚楚的沈原先生，雙手竟然相當粗糙。沈婆婆的雙手看起來更差，指甲縫裡還有黑泥。沈夫人與沈雙燈的手比較正常，但似乎也長出繭了。端午揣摩著這一家人正在執行什麼任務，難道他們在種地？

後來，沈雙燈的注意力集中在端午身上。在這間屋子裡，只有端午和她年紀相仿，她對端午相當感興趣，靠近端午時，還能感覺到他身上那種讓人安心的氣息；這種氣息，她只在自己的哥哥身上感受到過。不過她的哥哥在她四歲時就過世了。

飯後甜點嚥下肚子後，沈雙燈終於對端午說：「聽說你失去記憶了，這是真的嗎？」

「沒錯。我正在等著親人找到我，如果我有親人的話。」

「你是怎麼看待我們的？我們異術師？」

這個問題讓端午有些為難，他想了想，說道：「我失去了記憶，根本就不知道還有你們這樣的人存在，這個世界對我來說是全新的，我沒有忘記說話、寫字、吃飯，就算是不幸中的大幸了。我覺得，你們異術師很神奇，因為你們的能力很強大也很有趣。當然，可能你們與普通人差別很大，也就不可能像普通人一樣，一生都過著平靜的日子。

我喜歡這樣的生活，喜歡每天都要面對不同的新奇事物，喜歡用生命去見證這個世界可能帶給我們的神奇與驚異。所以我很羨慕你們，我希望自己也能成為一名異術師。」

「當異術師很辛苦，雖然我還沒有執行過什麼正式的任務，看我家人執行任務，就覺得夠嗆。有些顧客很麻煩，自認為給了我們足夠的委託費，就得為他的事情拚上性命。而且，我們在見證這個世界的神奇時，也最先被暴露在危險中，好多次我都擔心爸爸不能活著回來。

像我們家這種整天在外面跑來跑去的異術師，其實沒有多大的前途，委託費並不能撐起一份富裕的生活。要想過上好日子，一個異術師最好從政，或是做生意，但是我們一家人都不太喜歡這樣的生活，所以我們窮得要死，好不容易才遇到一次委託費相當高的工作，也就是我們這次的任務。可以向你透露一點點，這次委託我們的可是聯合會喔！是國家級的任務，委託費當然也就高啦！要是我們成功完成了任務，說不定可以買間大一點的房子呢！」

「雙燈——」沈夫人打斷女兒的話。

沈雙燈有些不耐煩，回答道：「我又沒有把具體的任務說出來。真是的，執行個小任務也要遮遮掩掩，就因為這樣，大家才會更想知道啊！我們異術師又不是小偷，為什麼要把自己正在做的事情當成一個祕密藏起來呢？」

「你不想買房子的話，就告訴『小鍋蓋』吧！」沈夫人說。

沈雙燈撇了撇嘴，對端午說：「沒辦法，這個話題就到此為止。等哪天我成為聯合會的高官，絕對會讓異術師過上更加優渥的生活。對了，你想不想知道自己有沒有異能力？」

「當然想！」端午叫道，他的聲音吸引了所有人的注意力。沈雙燈也提高聲音對她父親說：「老爹，借用一下七星蝶，我想看看端午是不是我們的同類。」

「你們看起來一貧如洗，沒想到竟然買得起七星蝶這種昂貴的道具！」珠兒故作驚訝的說。

「別說風涼話了，你們也比我們好不了多少。」沈雙燈沒好氣的說。

沈原從包裡掏出一支竹筒，打開竹筒的蓋子，一隻藍色的蝴蝶飛了出來，他的翅膀上有七個黃色圓點。沈雙燈伸出手，那隻蝴蝶便停在她手上。

「看看端午身上有沒有異能力者的標記，小七。」沈雙燈拉著端午一起站起來，又向後退兩步，拉開與端午之間的距離。蝴蝶則圍繞著端午飛起來。

端午問：「異能力者的標記是什麼？」

「像雲一樣的陰影，隱藏在異能力者的身體裡，這個標記從出生起就有了，沒有這個標記的人，就算辛苦練習一輩子，也不能擁有異能力，這是上天打在我們身上的記號。」沈雙燈說。

「也是異術師最重要的地方。」杜月亭補充，「普通人受到攻擊時，會選擇保護自己的腦袋，而異能力者首先想要保護的是標記所在處，那是我們致命的地方。」

七星蝶圍繞著端午轉了五圈，依然沒找到異能力者的標記，這讓端午有些不安──說不定他根本沒有這樣的標記，他不過是個普通人。

大家也不再說話，目光都隨著七星蝶移動。

飛了十七圈後，七星蝶停在端午的左臉頰上。端午感覺臉上一陣刺痛，像是蝴蝶扎了他。七星蝶在蝴蝶中算是很大隻的，他們細小的腿可以像蚊子一樣扎進人的皮膚裡。

杜月亭來到端午面前，伸出左手在他眼前晃了晃，食指按著蝴蝶停靠的地方，很快又拿開。這時，大家都瞪大了眼睛，驚訝的望著端午。

「怎麼了？」端午問。

「我從來沒見到過這樣清晰的異能力者標記！」沈雙燈叫道。

「連擅長追蹤的七星蝶也花了這麼長時間才找到，你的標記藏得真好。」杜月亭說。

端午自己看不到，便伸手摸了摸臉頰，可是什麼也感覺不出來。珠兒遞給他一面鏡子，那三團小火焰也飛過來，照亮他整張臉。端午發現自己左臉上有一塊金色的印記，真的像一朵雲，似乎還在微微晃動。

沈雙燈朝端午伸出左手，又用右手搗在左手手背上。等她把右手拿開時，她的左手手背上也出現了一個相似的標記，不過較小，也沒那麼清楚。

「這是我的異能力者標記，也是潛力的一種象徵，你的潛力比我大得多。」沈雙燈說，「你應該去念異術師學校，一定能成為最優秀的學生。」

端午的目光轉向杜月亭，他點點頭，說：「沒錯，下學期我就送你去學校。」

「那麼，謝端午也是我們的一員啦！大家為他乾一杯！」珠兒敲著杯子說道。

大家齊聲叫好，然後舉起杯子，把對端午的歡迎與祝福，都融入了杯裡。沈雙燈還告訴端午，每一個異能力者出生時，身體都被標記所包圍，不過它很快就會縮小，最後隱藏進身體裡。

奇怪的是，七星蝶依然盤旋在端午的頭頂不肯離開。沈原說：「可能他還發現了什麼吧！小七，把它找出來。」

七星蝶飛到端午面前，撲向他的額頭，沈雙燈熱心的把端午的瀏海撩起來，七星蝶便在端午的額頭上咬了一口。沈婆婆把她冰冷、粗糙的大手按在端午的額頭上，又有一個印記顯現了出來！大家的眼睛瞪得更大了，胡八爺爺的眼珠都快滾了出來。珠兒把鏡子舉在端午面前，端午看到自己額頭上出現了一塊墨跡。

「這又是什麼？」端午問。

大家你看看我，我看看你，都回答不上來。最後沈婆婆說：「既然藏在你的身體裡，一定有它的意義，也會有意義揭曉的一天，現在不用花心思去猜測。」

端午摸摸左臉頰，又摸摸額頭，依然不敢相信，這兩團完全不同的印記，會藏在自己的身體裡。異術師在他的眼前，異術師的世界伸手可及。端午還沒準備好，但他已經等不及了。

端午來到舊貨行的第六天，對店裡的一切都瞭若指掌。如果有客人上門，就算沒有其他人指導，他也能完全應付。不過，他對牧陶鎮還不太熟悉，所以早餐過後，端午決定在鎮上逛逛。

剛來到店外，端午就遇到一個古怪的老人。他的頭髮很短，像一根根扎在頭頂的銀針；亂蓬蓬的絡腮鬍和長長的眉毛，全都白了，幾乎快把他整張臉都擋住！

老人面色蒼白，穿著白色長袍，腰間繫著一個白色大布袋。他看起來有八十多歲了，每走兩步，就要停下來休息一會兒，不停的喘著大氣。經過他身邊之後，端午還不時回頭看他。

端午也不知道為什麼會被這個老人吸引，他甚至停下來，回頭專注的望著老人的背影。當他發現老人跨進「難得好時光」的大門時，趕緊轉身跑回店裡。

端午進門時，聽到那位老人對杜月亭說：「請問，你是這家店的老闆嗎？你們這兒回收一切舊物嗎？」

「沒錯。」杜月亭倒上一杯茶，示意老人在櫃臺前的椅子坐下。椅子對老人來說太高了，端午趕緊上前扶他一把。老人對端午說了聲謝謝，又喝了一大口茶，長舒了一口氣，說：「現在舒服多了。」

「您有什麼要出售或是購買的嗎？我們這兒都是二手、三手甚至四手貨物。」杜月亭說。

「我要出售東西。這種東西，我走過不少舊物回收商店，那些死板、勢利的商人都不肯回收。後來我聽說牧陶鎮有位舊物回收商，是個會包容世界所有神奇與古怪事情的人，就專程跑到這兒來啦！我要出售的東西，說舊也舊，它從我出生開始，就一直陪伴著我；說新也新，直到現在，它還在不停的成長、壯大，只要我活著一天，它永遠也不會消失。」老人故作神祕的說。

「您到底要出售什麼東西呀？能不能直接告訴我們？」端午不耐煩的問。

「端午——」杜月亭用飽含責備的眼神看了端午一眼。

「真抱歉，我太老啦！老人總喜歡漫長的開場白。」老人接著說，「小朋友，剛剛你也看到我氣喘吁吁的樣子了，我被某種東西壓迫得太過疲倦了。這種東西就是我的記憶。我被往事壓得直不起腰，所以才想找一家舊物回收店，把我的記憶賣出來，輕輕鬆鬆走完接下來的路。」

老人的語氣很平靜，端午卻驚訝得張大嘴巴——記憶也可以出售嗎？一個人記憶裡雜七雜八的往事，你可以講給別人聽，別人會把它當成故事裝進自己的記憶裡，但別人聽完之後，你依然記得呀！這個老爺爺太奇怪了，端午想要找回遺失的記憶，正愁沒辦法，而他居然想擺脫自己的記憶！

連見多識廣的杜月亭也顯得有些驚訝。老人莞爾一笑，繼續說：「你們不用覺得為難，我可以告訴你們回收記憶的方法。」他取下腰間的袋子放在櫃臺上，說道：「我的記憶等會兒會跑進這個袋子裡，然後我會把它留在你們店裡，就算是把我的記憶賣給你們了，可以嗎？」

「我們店裡回收的東西，都可以再次出售。可是，我們應該把您的記憶賣給誰呢？還是您想把記憶留給誰？」杜月亭問。

「留給想要它的人。」老人依然一副高深莫測的樣子。

「可是，就算有人想要您的記憶，您依然還記得呀！」端午說。

杜月亭搖搖頭，示意端午不要說話。

老人又喝了一口茶，說道：「當然，我不會把自己所有記憶都裝進袋子裡，只是把我始終放不下的記憶存進來。希望你們能抽出一點時間，聽我講一個十多年前的故事。那時，我是莫山鎮一所大宅裡的管家，幫我的主人接待來自各地的賓客，料理宅子裡大大小小的事，管理著成群的男女僕人。

在那些女僕中，有一個女僕很年輕、漂亮，和她的兒子相依為命。許多人想娶她為妻，她都拒絕了，因為擔心那些人不會善待她的兒子。她的孩子當時六、七歲，可愛又聰明。不過由於他的母親是女僕，周圍的孩子都看不起他，不和他一起玩。

那個孩子天生就有一種奇怪的能力，有時甚至能夠憑藉意志，移動眼前的物體。他的力氣很大，總是打傷周圍其他小孩。我以前也見過幾個有這種特殊能力的人，他們好像稱自己為異術師，是一群游離在正常人生活之外的神祕人。我還聽說過異術師學校，如果那個孩子出身在一個更好的家庭，說不定能進那所學校念書。」

老人陷入回憶，接著說道：「我記得那一次是主人小女兒的婚禮，當然得大宴賓客。那場婚宴由我全權負責，我不允許有任何閃失。沒想到婚禮前一天，主人為小女兒準備的珍珠項鍊不見了。宅子裡人多手雜，那些男女僕人又沒有見過世面，我想一定是被他們當中的誰給偷走了。我悄悄聚集起僕人，進行了嚴刑逼供，可是沒有人認罪。

當天晚上，我把這件事情告訴主人，並且保證會找到珍珠項鍊。我開始派人搜查整個宅子，沒想到，最後在我女兒的房間裡找到了那串項鍊。負責搜查女僕房間的女管家是我的好朋友，她悄悄把這件事告訴我，保證不會向任何人說起。

我女兒老老實實承認了自己的偷竊行為，還請求我不要告發她，發誓以後不會再做出這樣的事情。為了維護自己的女兒，我做了一件糊塗事，我們把珍珠項鍊放在和我女兒同住的另一個女僕的箱子裡，也就是那個帶著孩子的年輕女人。」

老人歎了一口氣，繼續說：「項鍊找到了，事情也了結了，我女兒得以繼續留在宅子裡。而那個年輕女人卻受盡了侮辱與白眼，不得不帶著孩子離開。臨走前，我想送給她一筆錢，算是補償，她的孩子將錢扔在地上，說道：『你的臭錢買不走我媽媽所受的侮辱！我們永遠都不會原諒你！』從那之後，我再也沒見過那對母子，可是這件事一直縈繞在我心裡。

一年後，我就以年老為由，告別了那所大宅子。這十幾年來，我時時刻刻都後悔自己當時的糊塗行為，腦子裡一直回響著那孩子所說的話。隨著時間流逝，在我的腦子裡，這件事變得越來越清晰。我這一生做過不少後悔與難過的事情，而這件事情最讓我感到痛苦。所以，現在我要把它存進這個袋子裡。」

老人望了杜月亭一眼，端午發現，杜先生的眉頭越皺越緊。他又瞧了瞧那個袋子，沒想到它慢慢鼓起來，變成了深黑色。端午伸手按了按袋子，硬硬的，像是裝著一塊石頭。

「杜老闆，我想請你把這個袋子，交給那個小孩與他的母親，並向他們說聲『對不起』。」

杜月亭搖了搖頭，說：「我們『難得好時光』負責舊物的回收與出售，也可以替別人暫時保管東西，就是沒有送貨這項工作啊！」

「但是，你可以幫我找到那個男孩，不是嗎？」老人又說。

「其實您不用這麼介意，說不定您早就得到了諒解。」杜月亭說。

「是嗎？」老人輕聲回答。

這時，丁當、丁丁與當當三隻小老鼠，哼著歌走進店裡。端午轉過頭看向他們，突然，他聽到老人的一聲歎息。等他回過頭時，看到老人正慢慢變得透明，最後消失了。三隻老鼠也警覺了起來，丁當跳到櫃臺上，四處嗅了嗅，叫道：「好詭異的氣息！剛剛誰來了？」

「沒有誰，不過是一份執念。」杜月亭說。

那個黑色的布袋還放在桌子上，這麼說來，剛剛的老人不是端午的幻覺！可是，他怎麼突然之間不見了？

「您所說的執念，指的是剛剛那位老人嗎？」端午問。

杜月亭點點頭。

「確實很執著。」丁丁說。他和兩個兄弟跳到布袋上，那個布袋依然鼓鼓的。

丁當說：「我們要找八爺爺，他在哪兒，又在祕密基地裡？」

「應該是的，早上去看了看那隻小鳥兒就沒了蹤影啦！」杜月亭說。

端午也想到了那隻小鳥兒，問道：「杜先生，他已經暈過去好長時間了，睡了這麼久，會不會有事？」

「他受的傷太嚴重，就算昏迷十天、半個月，我也不覺得奇怪，他正從睡眠中補充能量、恢復體力吧！」

三隻老鼠離開了後，端午又問：「您會幫那老人尋找故事裡的母子嗎？」

杜月亭笑了起來，說道：「不用尋找，我就是故事裡的男孩。怎麼樣，是不是覺得很驚訝？」

「不會。」端午搖搖頭，「我已經想到這種可能性了。這個老爺爺是專程來向您道歉的。」

「其實我早就不恨他了，除了那次事件，他一直很友善。我們不能因為某個人的某次行為，而否定他的全部。不過，因為那件事，我和媽媽在莫山鎮待不下去，只得遠走他鄉，四處漂泊。

為了生存，我媽媽什麼苦差事都做過，而且兩年後就過世了。好多次，我都想用自己的異能力偷竊或是搶劫，幫媽媽減輕負擔，但媽媽一直告誡我，一旦人生中有了這樣的汙點，就再也洗不掉了。就算改過自新，那些人還是會用看小偷的目光注視我，發生失竊事件，他們首先懷疑的人也會是我。端午，這也是我不想讓你再偷東西的原因。」

端午使勁點了點頭，說道：「我會牢牢記住您所說的話。」

杜月亭笑了起來，拿起那個黑色布袋，說道：「真重。人人都會犯錯，難為您竟然因此折磨自己十幾年。現在，您還帶著這份執念，千里迢迢來找我。早在我母親過世之前，我們就原諒您了，您放心的去吧！」

杜月亭鬆開繫著布袋的帶子，一團黑霧從裡面飄出來，消散在空氣裡。袋子癟了，再次變成了白色。

端午問：「這份執念到底是怎麼回事？」

「說不定老人已經過世了，這樣他就能安心的去另外一個世界。」杜月亭說著，將布袋疊好，放在貨架上。

這時，赤影從窗外飛進來，對杜月亭說：「那隻鳥兒醒過來啦！」

端午和杜月亭來到二樓的書房。果然，那隻鳥兒已經顫顫巍巍的站著，正拍動著翅膀試著飛起來。看到杜月亭，那隻小鳥兒問道：「八爺爺怎麼還不來？」

「我去看看。」端午說完便離開書房回自己的房間，剛好在樓梯口遇到了胡八爺爺和橙影。

「小鍋蓋，有一件棘手的事情，你幫我出個主意。」胡八爺爺壓低聲音對端午說，「我忘記那隻小鳥兒叫什麼名字了，也不好意思問他。你說，等會兒我應該怎麼稱呼他？」

端午搖了搖頭，說：「我怎麼知道！我把以前所有認識的人的名字都忘光啦！八爺爺，現在不是考慮這種問題的時候，快去書房吧！」

那隻小鳥兒見到胡八爺爺，激動得咳嗽起來。胡八爺爺把小鳥兒捧在手心裡，說道：「有什麼事情慢慢說，不著急，小傢伙。」

「什麼小傢伙不小傢伙的，我可比您還老呢！」那隻小鳥兒非常不滿，「不過，真的是非常嚴重的事情，胡十七爺被趙無痕帶走了！」

「趙無痕？」胡八爺爺眉頭皺了起來，「那個混蛋綁架十七有什麼用？他難道還不知道，十七是個徹頭徹尾的『傻瓜』嗎？」

「誰知道，反正他突然闖進我們家，很粗魯的把十七爺帶走了，還把我們打成重傷。十七爺臨走前，讓我一定要來通知您。」小鳥兒又開始大口、大口喘著氣。

杜月亭對胡八爺爺說：「看來事情有些嚴重。八爺爺，我和您一起去看看。」

這時，青影匆匆忙忙飛進來，叫道：「老闆，鎮長大人來了，急著要見您呢！」

杜月亭和青影急忙趕去大廳。端午想看看鎮長大人，也跟了出去。

鎮長宋之夜是個很文雅的中年男人，和自己的妹妹有天壤之別，看到杜月亭，他從包裡掏出幾份檔案遞給杜月亭。端午瞟了一眼，發現那些都是通緝令，而且每張通緝令上都寫著「死神手指」幾個大字。

杜月亭翻看著那些通緝令，目光停留在一個叫莫遠山的畫像上。

「這些傢伙成功越獄了。」宋鎮長說。「你要小心，那個人一定會——」

杜月亭示意宋鎮長停下來，又看了看端午，看來是不想讓端午聽到他們的談話。端午識趣的回到書房裡，胡八爺爺正準備和小鳥兒一起去尋找那位胡十七爺，他是胡八爺爺的堂弟，排行第十七。

杜月亭很快也進來了，他告訴大家，「死神手指」的核心成員集體從監獄逃出來了。

胡八爺爺說：「不只趙無痕，大家都活躍起來了，這下有熱鬧可看啦！莫遠山一定——」

杜月亭點點頭。胡八爺爺又說：「那我一個人去找趙無痕吧！我們也算是朋友，他不敢把我怎麼樣。等我回來之後，我希望能看到紫色與紅色的燈泡草。」

胡八爺爺的語氣中帶著威脅，杜月亭說道：「放心，絕對會讓您滿意。」

大家送別了胡八爺爺，杜月亭則把自己關進房間裡，連午餐也沒吃。珠兒和佩兒不知道上哪兒去了，三隻老鼠則一直躲在畫裡。

端午問那三團火焰關於趙無痕、莫遠山以及「死神手指」的事情，赤影說：「趙無痕是『黑茉莉』協會的祕書，『黑茉莉』是異術師協會之一。至於莫遠山，他是『死神手指』協會的二當家，這個協會十年前被聯合會除名，聽說，他們的首領木落也死了。九年前，這個組織裡的異術師發動了一場針對異術師的大屠殺，聯合會打擊了這個組織，裡面那些重要的成員全被關進了監獄裡。

看來，他們現在準備東山再起了。莫遠山是我們老闆在異術師學校的老師，本身也是個非常厲害的異術師，還培養了一大批像杜老闆這樣優秀的學生。當年參與追捕莫遠山的異術師中，就有胡八爺爺，他是依靠杜老闆的幫助才抓住了莫遠山。」

怪不得看到莫遠山的畫像時，杜先生臉色瞬間變得蒼白。把自己的老師送進監獄，杜先生一定很難過吧！現在最好不要打擾他。

端午回到房間，躺在床上，怎麼也睡不著，乾脆鑽進了畫中的世界裡閒逛。之後，他躺在畫中的草叢裡睡著了。等他醒過來時，發現自己的身邊有一隻藍色兔子，就是那天帶他穿過迷霧的那一隻。牠嘴裡叼著一封信，一直望著端午。

「這封信是給我的？」端午問。

那隻兔子點點頭。

端午接過信後，小兔子便轉身跳進樹叢裡。

端午展開信，看見上面寫著：

不知名的闖入者：

很抱歉，上一次你來時我不在家，最近能再來我家坐坐嗎？我隨時都等著你，越快越好喔！

祁飛雪

第 七 章

畫的那邊

畫裡的世界一如往昔，沒有現實世界的風雲變幻、被時光遺忘。端午來到樹林邊緣的草坪，想也沒想就鑽進了濃霧裡。雖然沒有藍色兔子帶路，他一點兒也不擔心迷路。反正什麼都看不到，端午乾脆閉上眼睛，憑著感覺前進。睜開眼時，他已經來到了大霧另一邊的草原上。

迎面而來的風夾雜著青草的香氣，端午哼著歌越過斜坡，來到那個藍盈盈的湖邊。這次，他發現湖裡有好多紅色小魚，湖水倒映著藍天、白雲，那些魚兒像是游在空中。

他跨進湖邊的書房裡，主人不在，他像那天一樣大聲詢問，很快的，高跟鞋聲響起，朝著書房靠近。不到幾秒鐘，房門「嘎吱」一聲被打開了，一個歡快、悅耳的女人聲音傳來：「你比我想像的來得還要快呢！小鬼。」

走進書房的女人皮膚雪白、嘴唇鮮紅，非常漂亮。端午呆呆的望著她，一句話也說不出來。

「你在看什麼？」她走到書桌前，緩緩倒著茶。

端午也來到書桌前，說道：「我從來沒見過像您這樣漂亮的人。」

那個女人笑了起來，露出了兩排潔白的牙齒，端午發現她有兩顆大得驚人的門牙。她用左手托著下巴，說道：「你可真會說話，很會逗女人開心。不過我可算不上漂亮，這兩顆門牙實在太醜了。年輕時還好一點，上了點年紀之後，看起來越來越古怪了。你竟然留著鍋蓋一樣的髮型，真可愛，是媽媽幫你弄的嗎？」

「是個潑婦的作品。」端午想到了珠兒的臉。在他心裡，覺得媽媽應該是很溫柔、很漂亮、很賢慧的女人。

「那她的手藝還不錯。忘了自我介紹，我是祁飛雪，這幅畫的主人。你叫什麼名字？」

「謝端午。」

「上次你剛好在我出門的時候跑來，真是不巧。我回到家裡，聽兔子說起，知道你是從那一邊的森林過來的。我上一次到那邊的森林，已經是三十年前的事情了，當時，那幅畫的主人是個叫葉扁舟的狐狸精。現在那幅畫在哪兒？它的主人是誰？」

「在牧陶鎮一家叫作『難得好時光』的舊貨行裡，主人是那家店的老闆杜月亭。」

「杜月亭……幾年前聽說過這個孩子，好像參與了異術師的一次重要行動，是個天才。不過，後來就沒再聽到他的消息了，沒想到是躲在牧陶鎮那個永遠沒有大事發生的地方。那可不是一個偉大異術師應該待的地方。」

「我想問您一個問題，您到底是人還是妖呢？您說您已經三十年沒到過我們店裡那幅畫中的世界了，可是您看起來不到三十歲啊！您是妖怪吧？不然就是保養得很好的老太婆？」

祁飛雪笑了起來，說道：「我當然是妖怪，要不要我變回原形給你看看？」

「您是什麼妖？」

「蛇妖。」

「那還是不要了，我可以想像出蛇妖的樣子。」端午趕緊搖了搖頭。

祁飛雪見端午有些害怕，偏偏想逗他玩，馬上就變成了一條大白蛇，盤繞在端午面前，還朝他吐信。端午嚇得跳到椅子上，甚至準備爬上窗臺。祁飛雪趕緊變回人形，拉住了端午。過了好一會兒，端午才平靜下來，他的目光轉向牆上的那幅畫，覺得這幅畫比他房間裡的那幅更漂亮。他把這個想法告訴祁飛雪，她笑著說：「我倒是覺得你那邊的那幅畫更好看呢！最美的永遠是我們得不到的。」

「這兩幅畫究竟是怎麼回事呢？」端午問。

「我也不清楚。我家世世代代擁有這樣一幅畫，還有很多人或是妖怪擁有這樣的畫，所有的畫中世界都是相通的，不過，至今我也沒有找到其他的畫中世界，你呢？」

「我只能找到您這兒。」

「沒關係，慢慢來，尋找的過程非常好玩，還可以認識很多有趣的人。你那幅畫以前的主人非常厲害，到過不少其他的畫中世界，相信你也可以，端午。」

這時，書房外傳來窸窸窣窣的聲響，一隻灰色的兔子打開門，探頭進來。祁飛雪對那隻兔子說：「沒關係，這是端午，快進來吧！」

那隻兔子走了進來。他只靠兩條後腿走路，兩條前腿抱著資料夾來到祁飛雪面前，把資料夾遞給她，說道：「大事即將發生。」

祁飛雪打開資料夾看了看，隨手將文件放在桌上，說道：「什麼大事？我們倆活了一百多年，這樣的事看得還不夠多嗎？所有的事不是一直往前發展，而是有一個古怪的週期，都是循環發生的，所以將要發生的事情，早在幾十年前，或者說幾百年前，就已經發生過了。可惜我們倆活得還不夠長啊！若是活了千年、萬年，就算這世界明天就會在我眼前毀滅，我也不會覺得驚訝。」

「到底是什麼大事呢？」端午問。

祁飛雪將資料夾遞給端午，端午發現裡面夾著「死神手指」核心成員的通緝令。他特別翻到莫遠山的通緝令，發現莫遠山的畫像看起來文雅、溫和，一點兒也不像個凶神惡煞的犯人。只是他的眼神很可怕，他還是老師時，所有學生應該都很怕他吧！

「你們也要幫忙抓這些逃犯嗎？」端午問。

「這是異術師的事情，我們可不想插手。當妖怪已經是全職工作，沒有其他時間管別人的閒事。」祁飛雪說。

「您看起來日子過得很清閒啊！」端午說。

「我的工作就是清閒度日，再多時間也不夠我完成這樣的一份工作啊！」

那隻灰色兔子看看端午，對祁飛雪說：「他身上有妖怪的氣息，不過大體來說，還是個人類孩子。最近，你越來越熱中結交人類朋友了。」

「是他主動找上門來的。」

「我身上為什麼會有妖怪的氣息？」端午問。

「可能你有妖怪血統，也可能你和妖怪待在一起的時間太長了，或是妖怪在你身上放了些什麼東西。」兔子解說著。

端午想，「難得好時光」裡有不少妖怪，還有苗逐一，他身上會有妖怪氣息也不奇怪了。

「您這兒又是哪兒呢？上次我看到您家外面的山坡下有一個鎮子。」

「這兒是天長鎮，不像牧陶鎮那樣寧靜，這兒的妖怪相當猖獗喲！今天晚上要不要一起去妖怪世界玩玩？我們有一場聚會，你可以開開眼界。」

「太棒了！」端午叫道。

祁飛雪笑了起來，然後從茶几上拿起了菸斗，裝好菸草並點燃。她猛的吸了一口，又將菸斗放下，對端午說：「你不介意我吸菸吧？」

「一點兒也不介意。」端午使勁吸了吸鼻子，「您的菸葉聞起來非常舒服，有一種熟悉的感覺。」

菸葉的氣味讓端午感覺離往事近了，但他依然觸不到它，便很快又把它甩開了。

祁飛雪花了一個多小時梳妝打扮後，又在端午身上噴了很奇怪的藥水，給他戴上爆炸頭假髮。天快黑時，她就帶著端午出發去妖怪森林。出門前端午照了照鏡子，覺得自己像頂著一朵黑蘑菇。他想把假髮摘下來，可是祁飛雪說，這樣做才能蓋住他身上的人類氣息。

妖怪不喜歡人類隨便跑進他們的地盤，如果不想被妖怪吃掉，最好不要輕舉妄動。一路上，祁飛雪不停嘲笑他的爆炸頭，端午越來越覺得，這爆炸頭唯一的作用就是讓他看起來很滑稽。

去妖怪森林的路藏在山谷中的樹叢裡，普通人很難找到。端午跟著祁飛雪來到樹林深處那條林間小路，眼前出現了另外一條岔路。祁飛雪用菸斗指著那條岔路，問：「你能看到嗎？」

「看到什麼？不就一條路嗎？」

「不愧是能夠穿過迷霧的小鬼。普通人類——就算有些異術師，也找不到這條通往妖怪世界的路。當然，有時候有些人類會誤打誤撞找到這條路，跑到妖怪世界，被妖怪們嚇個半死。走吧！」

踏上岔路後，端午覺得周圍的空氣有些不一樣，讓他更舒服、安心了。沒走多遠，他聽到了竊竊私語聲，是妖怪們在聊天。

天色越來越暗，樹叢裡不時有綠色光芒閃動，祁飛雪告訴端午，那些都是妖怪的眼睛。

「他們在觀察你，因為你的氣味很陌生。而且，如果仔細聞，還是能聞出你身上的人類氣息。」祁飛雪說。

「他們不會吃了我吧？」端午開玩笑的說。

祁飛雪笑著說：「你以為我們是什麼？難道我們活在世界上唯一的目的就是吃人嗎？真是的，就算無肉不歡的妖怪，也嫌人肉又臭又硬呢！端午，看來你對我們也有不少偏見呀！」

「那是因為我還不了解你們啊！不過這兒看起來真有趣，我都想變成妖怪了。」

很快的，端午就看到了妖怪森林裡的房屋。那些木屋很古老，每棟房子前都掛著兩盞紅燈籠，氣氛有些陰森。再往前走，房子越來越密集，腳下的路也越來越平坦，他們來到了有不少妖怪來來往往的街道上。街道兩旁有很多店鋪，與人類世界很像。走出這條繁華的街道後，房屋又慢慢變少。

那些妖怪好像都和祁飛雪很熟，會主動跟她打招呼，看來她的人氣很高。

祁飛雪告訴端午，平常時候，街上的妖怪更多，今天很多妖怪都離開這兒，去參加首領家的聚會了。

「這片森林的首領大蛇精是我的朋友。我們蛇妖向來高傲、冷漠，像我這樣，可是他不一樣，喜歡熱鬧，三天兩頭便邀請大家聚會。他看起來高大、粗壯，卻有一個矯情的名字，叫『花間月』，真可笑。他很好相處，我相信他會喜歡你，這個世界上簡直沒有他討厭的東西。」

走著、走著，他們倆已經將那條街道遠遠的拋在腦後了。端午無意中回過頭，看到那條街道已經快被一團橘黃色的光芒籠罩。

這時，離他們不遠的地方，有一隊野火正慢慢移動，祁飛雪說，那是前往大蛇精家裡參加宴會的妖怪們。

「我們趕上他們，可以借借光。」祁飛雪拉起端午，朝著那隊火光奔去。

端午覺得自己飛了起來，已經感覺不到腳下的土地，黑漆漆的樹影飛快的閃過，那些火光也越來越近了。

「飛雪小姐——」

一個聲音突然響起，祁飛雪停了下來，不耐煩的歎了口氣。端午想，她一定不喜歡這個突然打招呼的妖怪吧！

那個妖怪很快從右後方趕上了祁飛雪和端午。他提著一個燈籠，燈光下，端午看到一張稜角分明的臉，像是一尊石雕像。祁飛雪始終沒抬頭正眼看那個妖怪，可是他仍笑瞇瞇的望著她。幾句寒暄之後，他又把目光轉向端午，問道：「這個爆炸頭小哥是……？」

「我新結交的小朋友。」

「我可不記得你喜歡半妖。」

「沒錯，我現在依然不喜歡半妖，但這不妨礙我喜歡端午。」

祁飛雪又拉起端午的手，繼續朝著聚會地點走去。端午回過頭，看到那個妖怪也舉著燈籠慢慢前進著。突然，那妖怪抬起頭來，眼神剛好跟端午的目光相接，端午瞬間覺得自己起了一身雞皮疙瘩，便對祁飛雪說：「那個妖怪真讓人不舒服。」

「也讓我不舒服，我最討厭的就是碰到他。」說著，祁飛雪深吸了一口氣，「不要說他了，我可不想破壞今天晚上的好心情。」

他們倆始終沒趕上那隊前進的火光，但依然很快到達了林中空地，那兒聚集了許多燈籠與火把。空地旁邊是一座陡峭的大山，有一個巨大的山洞，洞口掛著兩個燈籠，洞內也點著很多燈光，所以整個山洞燈火通明，從外面看起來，像是一個巨大、溫暖的火爐。

妖怪們都把自己的火把插在洞口，然後三五成群的朝洞內走去，山洞裡就是大蛇精的家。

端午也跟在祁飛雪身後朝山洞裡走去，隨著歡快的說話聲傳來，他對裡面的情景越來越好奇。進洞的走廊非常長，不過光線明亮，加上洞裡非常乾燥，一點兒也不讓人覺得討厭。

山洞越來越寬，說話聲也越來越大，轉了一個彎之後，端午和祁飛雪便來到一間燈火通明的屋子。這兒擠滿了說說笑笑的妖怪，有的像祁飛雪一樣保持著人形，有的長著奇怪的鼻子、嘴巴、耳朵或是眼睛。

因為山洞左邊有瀑布，空氣很流通，一點兒也不悶。瀑布旁邊長著好多藤蔓狀的植物，甚至還開出了幾朵大白花。淡淡的花香不時鑽進大家的鼻子裡，讓大家的精神為之一振。

這裡是花間月的會客廳，客廳左邊有一道小門通往廚房。幾個矮小的妖怪正頭頂著盤子從門裡走出來。盤子裡裝著誘人的美食。小妖怪們一出來，盤子裡的東西瞬間就被其他妖怪搶光了。

這時，客廳中央的大個子妖怪往端盤子的小妖怪走去，其他妖怪趕緊讓路給他。一個胖嘟嘟的妖怪還點頭、哈腰的把自己搶到的食物——一小塊水果蛋糕，遞給大個子妖怪。大個子妖怪點點頭，拿著蛋糕，大步朝祁飛雪和端午走來。他就是花間月。

「飛雪，你好久沒參加我的聚會了。」花間月笑著把蛋糕遞給祁飛雪。

祁飛雪勉強笑了笑，把蛋糕塞給端午，說道：「我向來不喜歡吵鬧，今天也只是帶這孩子來見見世面。」

祁飛雪毫不保留的把端午的情況全都告訴花間月，他聽了，說道：「能夠穿過迷霧的人類小孩，真是了不起，聞起來也很舒服。最近我感覺很疲倦，想去你的那幅畫裡放鬆心情。飛雪，麻煩你明天幫我準備些乾糧吧！」

「自己準備食物，還要送些餅乾給我，我才准許你去我的畫裡。不過，你每天都有辦不完的聚會，生活很輕鬆啊！怎麼會疲憊？」

花間月笑了起來，把端午介紹給他的朋友。他告訴大家，端午是從外地來的一個小妖怪，非常渴望得到大家的認同。

這些妖怪都非常歡迎端午，他們爭先恐後的和端午說話，不停把自己搶來的食物塞給他。那些食物實在太美味了，很快的，端午的肚子就脹得像一顆圓球。有一個妖怪甚至遞過來一盅酒，他也一口氣喝掉了。不到一會兒，他的頭就有些暈暈的，小妖怪們扶他在大廳角落的椅子坐下。端午半瞇著眼睛看著狂歡的妖怪，一瞬間，甚至覺得自己真的成了妖怪們的一員。

這時，音樂響起，妖怪們開始跳舞，紅著臉的端午也加入了大家的狂歡裡。由於實在跳得太歡樂，端午的爆炸頭假髮被擠掉了。十幾分鐘後，他的假髮出現在一個妖怪的頭上，但那妖怪的頭太大，假髮又太小，看起來很滑稽。

突然，「嗖嗖嗖」幾聲，牆上的燈相繼熄滅，黑暗籠罩了整個客廳。音樂戛然而止，大家都停了下來，開始竊竊私語。花香依然瀰漫在空氣裡，可是端午嗅到了非常不友好的氣息，他能感覺到身邊的妖怪都警覺起來。

沒多久，端午的頭頂出現一團淡藍色的火焰，那是鬼火，幾乎所有妖怪和異術師都會操縱。妖怪們的目光都集中在鬼火和端午身上。接著，那團鬼火說道：「半妖可恥，將半妖趕出妖怪的地盤！半妖可恥，將半妖趕出去！」

妖怪們更加騷動了。

「安靜！」

花間月大喝一聲，所有妖怪都立刻閉上嘴。這位妖怪首領衝到端午面前，一把抓住那團鬼火。那團鬼火發出痛苦的「噝噝」聲，似乎想從他的指縫裡鑽出來，不過幾秒之後便消失了。

「點燈！」花間月又說。

大廳很快又變得明亮起來，花間月有些不好意思的對祁飛雪和端午說：「真抱歉，我會找到是誰搞出這樣的惡作劇。」

「看起來，有妖怪似乎非常討厭我。不過，透過這樣的方式表達對我的厭惡，真噁心，那個妖怪一定是個膽小鬼。」端午說。

「沒錯，那個傢伙完全破壞了我的好心情。端午，我們走吧！我一刻也不想待下去了。」祁飛雪恨恨的說。

端午點點頭，兩個人在花間月的陪同下離開了山洞。

山洞外的空氣清爽得多，風一吹，端午的醉意完全消失了。花間月再次向端午道歉，並且保證會把搗亂的傢伙找出來。不過，因為大家都會操縱鬼火，要找出那個傢伙談何容易。

「其實我們都能想到那是誰。」祁飛雪說道，「妖怪對半妖的歧視一直存在，雖然大家表面上都非常歡迎端午，其實有不少妖怪把端午當成半妖，對他抱持偏見吧！你不能化解半妖與妖怪之間的矛盾，找到是誰在惡作劇，又能怎麼樣？」

「我會與他私下談談。」花間月說。

「還是算了，不是說要到畫裡放鬆心情嗎？明天就來吧！不要忘了帶餅乾。」

快走出妖怪森林時，端午對祁飛雪說：「惡作劇的是在路上遇到的那個妖怪吧？」

祁飛雪點點頭，說：「沒錯。我真是弄巧成拙。你不用在意這件事，你不是妖怪，不用摻和進我們的恩怨裡。希望今晚對你來說不是太糟。」

「很有趣，就算那團鬼火的惡作劇也非常好玩。」端午說。

回到舊貨行時，夜已深了，大家都睡了，端午準備脫衣服睡覺時，聽到走廊上有輕微的聲響。他輕輕打開房門，探頭觀察走廊上的情況，感覺腳步聲就在走廊的另一端，離前廳很近。

端午悄悄朝著腳步聲靠近，可能腳步聲的主人注意到他了，便加快了速度。端午急匆匆追過去，發現最靠近前廳、門上寫著「羽」字的倉庫大門，被打開了一道縫。他從走廊的燈座上取下一盞燈，打開了倉庫的門。

倉庫裡並沒有人，端午正準備退出去時，眼前有什麼東西閃了閃光。他嚇了一跳，但是馬上看到了從陶先生那裡搬回來的鏡子，也就鬆了一口氣。

「不對，那面鏡子根本照不出人影，為什麼會反光？」

端午舉著燈來到那面鏡子前，發現鏡子不僅反射著燭光，也映出了他的影子，而且非常清楚。很快的，他的影子在鏡子裡盪開了，鏡面像水面一樣波動起來。等它再次平靜下來之後，鏡子裡出現了一個陌生女人，正溫柔的望著端午。她的眼神像水一樣，端午覺得渾身都變得舒暢起來。

「我好像認識她。」端午的腦袋嗡嗡作響，「我喜歡她，對我來說，她應該是個很重要的人。」不過，恢復記憶的火花並沒有閃現，端午只是望著鏡子裡的那個女人。

真想一直沐浴在她的眼神裡。

「媽媽。」端午不禁叫了出來，把自己嚇了一跳。

鏡子裡的女人點點頭，像是在回應他的呼喚，她還朝端午揮了揮手。

「真的是媽媽嗎？」端午的心裡湧起了數不清的奇怪感覺，它們混合在一起，在他的心裡翻滾、沸騰。他好像想到了什麼，腦子裡似乎浮現出了一些人的影子，但轉瞬間又消失了。他又朝著鏡子叫了一聲，鏡子裡的女人對他微微一笑，又慢慢的盪開。這次，鏡子恢復了原來的樣子，再也不會反射出光芒來。

過了大概五分鐘，端午才回過神來，他發現自己哭了。

走廊上又傳來腳步聲，端午擦乾眼淚離開了倉庫。原來是沈雙燈一家人回來了，他們看起來很匆忙。

沈雙燈向端午打了個招呼，就和家人一起朝走廊另一端走去，然後匆匆忙忙上樓。等他們下樓時，都拿著自己所有的行李。杜月亭也醒了，他來到門外查看情況，對沈原說：「你們準備離開了？」

「沒錯，情況緊急。杜先生，住宿費只好過一段日子再給你。」

「不著急。一路順風。」杜月亭說。

「保重，再見。」端午也說。

沈雙燈轉過身來，拍拍端午的肩膀，說道：「不要忘了去上學，你一定會成為了不起的異術師。」說完，她便跟著家人離開了。

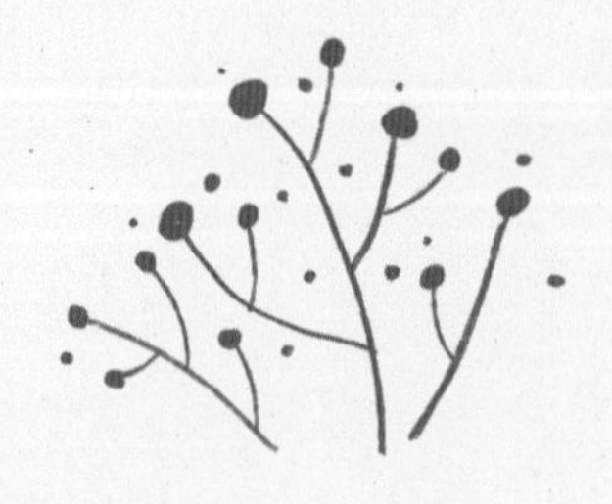

第八章

尋找燈泡草

第二天醒來時，已經上午十點多，端午的肚子餓得咕咕叫，便到廚房裡搜羅出一大堆雜七雜八的食物填進肚子裡。

吃飽之後，他來到前廳，發現苗逐一來了。這個貓妖的兩隻眼睛都腫了，臉比平常大了一倍，身上青一塊、紫一塊，端午都快認不出他來了。

「上午好，端午。」逐一說。他的嘴巴裡像是銜著一顆核桃。

「誰把你傷得這麼重？」端午問。

逐一搖搖頭，說：「我和我的朋友發生了一點小摩擦，傷得並不嚴重。我去過妖怪森林，沒有找到失蹤燈泡草的線索。」

「沒關係，今天晚上我和端午會去採回新的燈泡草。」杜月亭說。

「今天晚上？時間會不會太趕？我還沒準備好。」端午說。

「我也可以去幫忙。」苗逐一搶著說道。

杜月亭說：「傷患就不要逞強啦！好好在你家高夫人腳邊養傷吧！」

「杜先生，您是很厲害啦，但您確定端午不會死在妖怪森林裡？」

「別看不起我，我可是個非常有潛力的異術師。」端午沒好氣的說。

這時，一個四十幾歲的女人走了進來，她白白胖胖的，兩隻眼睛腫得像核桃，看起來很憔悴。

杜月亭用飽含同情的語氣問道：「高夫人，您怎麼了？有什麼我可以效勞的地方嗎？」

高夫人從懷裡掏出手帕，擦著眼睛，說道：「我家寶貝昨天一整夜都沒回家，今天回來時一身都是傷，也不知道是誰把他傷成那樣。好不容易讓他安靜下來，想幫他包紮一下，他突然又不見了。杜先生，您一定要幫我找到我的寶貝，還要抓住那個傷害寶貝的凶手！」

這位高夫人，也就是逐一的主人。看到她因為逐一受傷而傷心成這個樣子，端午就覺得很好笑。

杜月亭說：「我會幫您找到您的愛貓。不過您家寶貝身上的傷，說不定只是和野貓、野狗打架弄出來的。」

「才不是！」高夫人提高了聲音，口水噴到了端午臉上。「高先生經營的棲雲莊，幾乎搶走了鎮上其他餐廳的生意，一定有很多人對他懷恨在心，想透過傷害我可憐的小貓咪報復高先生！杜先生，您是個樂於助人的好人，一定要幫幫我！我會給您一筆可觀的委託費！」

高夫人用手帕摀著臉，哇哇大哭起來，舊貨行的每根屋梁都震動起來。等她冷靜下來，杜月亭向她保證，會幫她找到欺負「那隻可愛貓咪」的凶手。

打發高夫人離開後，杜月亭對逐一說：「好吧！我得開始我的工作了。現在請你告訴我，是誰把你傷成這樣的？」

「是蜘蛛精辛如舜的手下，兩個女妖。我去打聽燈泡草的消息，沒經過允許闖入了他的地盤。杜先生，希望您不要為我出頭，這件事我自己可以解決。」

「既然你不想我插手，那我就不管啦！」

「那我們就得犧牲一大筆可觀的委託費，逐一，你要懂得感恩。」端午說。

「謝謝你們的大恩大德了。」逐一笑著說，笑得他的牙都疼了起來。

逐一離開之後，端午見杜月亭心情不錯，就問起關於通緝令的事。

「我聽說，越獄的人之中有您的老師，當時好像又是您幫八爺爺抓住了他，這件事一定讓您很苦惱吧？」端午說。

「我的老師非常恨我，他一定會找我算帳。九年前我自己做出了那樣的選擇，所以不管發生什麼事情，我都得面對，我不可能拋下店裡的一切離開。端午，你今天找時間多睡點，晚上我們可能沒有辦法休息了。」

看來，杜月亭並不準備講出更多的情況，端午只好不再發問。接著，他把昨天晚上遇到的怪事告訴杜月亭，杜月亭驚訝的說：「又有小偷光顧我們的店？還有那面鏡子，我得去看看。」

端午跟著杜月亭來到門上寫著「羽」字的倉庫門前。剛好碰到赤影與青影。赤影對端午說：「告訴你一個好消息，你種下的那粒種子發芽了！」

「真的嗎？」端午立刻把鏡子和腳步聲的事情拋在腦後，大叫著衝進院子裡。

那粒種子果然長出了小小的嫩芽，它還會慢慢長大，最後開花、結果。真想看看它到底會結出什麼果實來！端午高興得又是叫又是跳，過了一會兒，他來到那株小嫩芽面前，心裡輕輕說道：「龍神大人，如果您真的存在，就保佑我的小東西快點長大吧！」

端午回到屋裡時，杜月亭剛好從倉庫裡出來，他並沒有在倉庫中發現什麼異常，那面鏡子也像往常一樣，沒有反射任何光芒。

「端午，你確定昨天晚上不是在作夢？」杜月亭問。

「我非常清醒，清清楚楚的看到了鏡子裡的人，清清楚楚的知道，那個人一定是我媽媽。」端午提高了聲音說。

「看來是夢。你連過去的記憶都沒有，也不知道自己是誰，怎麼能確信那個人是你媽媽呢？」青影擅自下了定論，赤影也點頭同意自己弟弟的結論。

端午氣得和兩團火焰吵了起來。沒多久，橙影哼著歌兒回來，問也沒問，便加入了自己兩個兄弟的陣營。本來安靜的舊貨行，變成了嘈雜的菜市場。杜月亭看著自己的員工，總覺得有什麼地方出了問題，可是究竟是哪兒呢？

下午四點半，端午和杜月亭離開舊貨行，去了牧陶鎮的妖怪森林。燈泡草生長在林中一個隱蔽的山洞裡。端午把昨天晚上在天長鎮妖怪森林遇到的一切告訴杜月亭，也講到了妖怪對半妖的偏見。

「雖然我不是半妖，但我想，半妖與妖怪之間也沒多大的區別。」端午說。

「有些妖怪確實很偏激，想把半妖排除在外。所以，很多半妖都選擇以人類的身分生活在我們的世界裡，而不會想著融入妖怪的生活中。妖怪們不喜歡隱藏自己的善良，也不會隱藏自己的惡意。」

說著，杜月亭突然停了下來，端午覺得奇怪，問道：「怎麼了？」

「我一直覺得你有些不對勁，現在我總算知道怎麼回事了。端午，你的影子不見了。」

「這怎麼可能？是人都有影子的啊！」端午低下頭一看，果然，到處都找不到自己的影子，而杜月亭的影子則被夕陽拉得很長。

「難道我死了？聽說鬼魂沒有影子。」端午不安的轉了幾圈，「還是說，誰把我的影子偷走了？老闆，這到底是怎麼回事？」

「想想看，你有沒有發現自己的影子不見了？」

「沒有，不過現在我發現了，就覺得自己好像少了很重要的一塊。以後我都要過著沒有影子的生活嗎？等等——」

端午拚命往回跑，五分鐘之後來到了一個小水池邊。他調整好自己的呼吸，探頭看著水面，依然沒有他的影子。杜月亭追了過來，端午沮喪的說：「看來，我的影子完完全全消失了！您見過粗心大意的人吧！但恐怕誰也不像我這樣丟三落四，把自己的影子都搞丟了。唉，我得去哪兒尋找自己的影子呢？您說影子的消失會不會只是第一步，接下來，我的身體也會慢慢消失吧？我可不想這樣，我還沒有做好離開世界的準備，再給我一百年，讓我慢慢準備吧！」端午踢著腳邊的草和石頭，像一隻生氣的貓。

等到端午安靜下來，杜月亭才說：「你的影子應該不是今天丟的，今天你在店裡，而店裡一切正常。所以有兩個可能：第一，昨天你到天長鎮的妖怪森林，不知道被什麼妖怪偷走了影子；第二，偷走影子的是陶先生的那面鏡子。可能你真的在鏡子裡看到了你媽媽，也是那時鏡子偷走了你的影子。」

「去妖怪森林也沒發生什麼古怪事情，除了那團鬼火。應該是那面鏡子搞的鬼。不行，我要找它算帳！」

端午氣呼呼的準備往回走，杜月亭拉住了他，說道：「那面鏡子在店裡又不會長腳離開，而且就算找到那面鏡子，我們也沒辦法讓它把影子還回來。還是先去找燈泡草吧！」

辛如舜和花間月的性格完全不一樣，所以牧陶鎮的妖怪森林陰森又恐怖。這片林子裡，每兩個星期也會有一次晚會，不過晚會上沒有美食、音樂和舞蹈，也不點燈，大家只是操縱著鬼火，講著一個又一個恐怖故事。

這兒的妖怪並不討厭杜月亭，因為他這些年幫了大家不少忙。不過，他們一點兒也不歡迎端午，一路上無數鬼火圍繞著端午，朝他「吹鬍子瞪眼」，以表達不滿。

端午不時跳起來抓那些鬼火，但都被躲過了。這些鬼火並沒有傷害端午，杜月亭也就不制止。不過，一團鬼火不小心燒到杜月亭的頭髮，他生氣了，拿出火摺子，打開蓋子輕輕一吹，那火摺子發出霹霹啪啪的響聲，接著，三團火焰從裡面蹿了出來——就是青影、橙影與赤影，杜月亭帶著他們出門時，讓他們待在火摺子裡。

他們三個猛吸一口氣後，把那些小鬼火統統吞進肚子裡，還不停的說「好吃」。

「現在安靜多了。」杜月亭一邊摸著自己被燒焦的頭髮一邊說，「另外，端午，從明天起，我要教你使用簡單的異能力，算是上學前的準備，讓你可以保護自己。」

「您會教我怎麼使用守護靈吧？那看起來真酷！」

「慢慢來，不要急，就算是雙燈那樣聰明的女孩，恐怕都還得花上兩年，才能學會使用守護靈。你還是先從入門技能開始學起吧！我會先教你操縱鬼火。」

三團火焰氣勢洶洶，鬼火們再也不敢靠近，也沒有鬼火敢再接近端午。兩個人穿過妖怪聚居的街道，來到了樹林裡。天黑了，三團小火焰在前面帶路，他們知道端午沒有影子的事，故意一直嘲笑他。

有時候，他們還會飄到端午身後，大叫道：「快看，杜先生的影子好長，把他前面的路都擋住了。端午，你的影子呢？你把它丟哪兒了？」端午聽了，就會追著三團火焰亂跑。

後來他跑累了，也接受了自己沒有影子的事實，說道：「你們不用再取笑我了。沒有影子最好，這樣當你們飄到我身後時，我就不用擔心影子擋住前路了。」

三團小火焰見他有些失落，又飛到他面前，開始有意無意說些話安慰他。

晚上九點多，他們總算來到了一個黑漆漆的山洞外，山洞旁邊有一條小河。這兒很溼潤，洞口長滿了雜草。

杜月亭說：「半年前，我和八爺爺來過這兒採燈泡草。這個山洞裡住著一隻巨石怪，他很害怕光，幾乎從來不離開。赤影、橙影、青影，你們也不是第一次到這兒來，等會兒只要我一下命令，你們就飛進火摺子裡，知道嗎？」

「明白，老闆！」三團火焰齊聲說。他們的火苗躥得比平常還高，即將到來的冒險讓他們很興奮。

「端午，你的任務就是唱歌。燈泡草長在巨石怪身上，等會兒我得爬到他背上去把燈泡草拔下來，所以一定會驚動他，你要不停的唱歌，吸引他的注意力，好嗎？」

「我明白了。」端午挺直了腰，「我要唱什麼歌？」

「什麼歌都可以，他不挑剔。」青影有些幸災樂禍。

「就怕你只會發出噪音，和音樂完全不沾邊。」赤影說。

「那我們就走著瞧，雖然我失去記憶，但我感覺自己腦子裡還記得不少歌呢！」端午不服氣的說。

不過，他心裡還是有些惴惴不安，不禁問杜月亭：「那個怪物很可怕嗎？我們會不會有危險呢？」

「端午，難道你不相信我的能力嗎？」杜月亭笑著回答，「我帶你來，其實是想讓你接受一些鍛鍊。如果你準備成為異術師，就得習慣危險的生活。」

端午點點頭，說：「我會好好唱歌的。」

在三團火焰的帶領下，端午和杜月亭進洞了。這個山洞裡面倒是很乾燥，四壁光滑，地面也很平坦，不過每隔幾公尺就會出現一叢奇怪的植物，就像是縮小版的燈泡草。

山洞裡的空氣很沉悶，越往裡走，越覺得呼吸困難，還好大概半個小時後，迎面吹來了清新、涼爽的風。杜月亭深吸了一口氣，小聲對端午說：「提高警覺，我們離巨石怪很近了。」

這時，前方先是傳來沉悶的鼻息聲，又是「轟」的一聲，空氣和地面都跟著震動起來——是巨石怪翻身了。接著，均勻的呼吸聲傳來，杜月亭趕緊讓三團火焰鑽進火摺子裡，拉著端午的手繼續往前走。過了一會兒，呼吸聲就在耳邊了，杜月亭停了下來，小聲對端午說：「輕輕伸腳。」

端午伸出腳，碰到了硬邦邦的東西，像是石頭，他趕緊把腳收回來。

「你踢到的就是巨石怪。」杜月亭又說，「聽到我的命令就開始唱歌，知道嗎？」

「沒問題。」

杜月亭鬆開端午的手，沿著巨石怪的尾巴小心翼翼往上爬。巨石怪突然打了個冷顫，差點把杜月亭震下來。不過還好，他並沒有醒過來。

巨石怪身上暖暖的，這恐怕是他和岩石最大的區別吧！杜月亭一邊爬一邊摸索，突然想起忘了提醒端午離巨石怪遠一點。不過，現在也顧不得這麼多了，他相信端午能保護好自己。

很快的，杜月亭碰到了毛茸茸的東西，那是巨石怪身上最柔軟的部分，也是生長燈泡草的地方。看來今天一切都很順利。

杜月亭拔下了燈泡草，同時，巨石怪也醒了過來，他本能的揮動尾巴。「轟」的一聲，端午被他的尾巴掃到，撞到洞壁上。

端午整個腦袋都暈了，感覺自己像脫離了這個世界，過了好幾秒，他才發出痛苦的呻吟聲。

「端午，你怎麼樣了？」杜月亭大聲問。

「我沒事！」

「快唱歌！」

端午的腦袋和背都很疼，但是一想到自己的任務，馬上深吸了一口氣，將湧進腦子裡的第一首歌唱了出來。他的聲音有些僵硬，唱的歌也跑調了，但巨石怪聽到歌聲卻慢慢安靜下來。杜月亭鬆了一口氣，繼續朝巨石怪的腦袋方向爬去，再也不敢輕易拔下燈泡草。

燈泡草的生長有一定的規律：綠色和黃色的燈泡草一般生長在巨石怪的背部、四肢和尾巴上；紅色和紫色的燈泡草喜歡長在腦袋上，且數量很少，想順利採到它們得花更多的心思。半年前，為了採下紅色和紫色的燈泡草，杜月亭和胡八爺差點被巨石怪打死。

奇怪，聽到端午那並不怎麼動聽的歌聲，連杜月亭也慢慢平靜下來。這一瞬間，他才清楚感覺到，端午的身上確實蘊藏著一種特殊的能量，那是全世界最美好的祝福，就像大家曾經形容過的那樣。

杜月亭順利來到巨石怪的脖子上，這兒的皮膚最粗糙，恐怕有千百條皺褶，他可以感覺到一股奔湧的生命的力量。

終於，他來到了巨石怪的腦袋上，握住了一株燈泡草。杜月亭本來準備拔下它，卻又很快鬆開手，他想到半年前那沒有達成的願望——拔下那株長在巨石怪角上的燈泡草。

巨石怪是「獨角獸」，他頭頂那隻巨大的角上也生長著一株燈泡草，不過很難靠近。胡八爺爺的歌唱得好聽得多，可是不像端午的歌聲有那種撫慰心靈的力量，那時候的巨石怪不像今天這樣安靜，所以杜月亭不敢靠近那隻角。現在是個好機會。想到這兒，杜月亭慢慢挪動，來到了巨石怪的頭頂正中央，摸到了長在他角上的燈泡草。這株獨一無二的燈泡草會是什麼顏色呢？如果順利帶回店裡，胡八爺爺恐怕會持續高興個三天三夜吧！

杜月亭深吸一口氣，果斷拔下那株燈泡草，等待巨石怪大發雷霆。果然，他扯開嗓子叫了一聲，猛的站了起來，不停搖晃尾巴和腦袋，同時跺腳。山洞裡像是發生了地震一樣，杜月亭死死抱住他的角才沒掉下去。

這次，端午敏捷的閃過了巨石怪的尾巴，躲到一塊石頭後面。他一刻也沒有停止唱歌，但巨石怪卻沒有再安靜下來。有幾塊石頭滾到了端午腳邊，端午覺得整個山洞快要坍塌了。

「不要擔心，老闆會有辦法讓我們全身而退，我要相信他。」端午在心裡安慰自己。

巨石怪發現了端午，伸出爪子一把將他抓起來，在空中亂晃。端午感覺自己成了他手中的玩偶，隨時可能被捏碎，嚇得大叫起來。

杜月亭把三團小火焰放了出來，山洞頓時變得明亮。赤影、青影和橙影飛到巨石怪的爪子周圍火攻，可是他完全不怕火。杜月亭跳過來準備救走端午，不小心被他的尾巴掃了一下，跌倒在地。巨石怪抬起後腿準備往杜月亭踩去，他敏捷的滾開，同時放出守護靈青鳥。

端午已經喘不過氣來，又感覺自己胸口似乎蘊藏著一團灼熱的火，將要噴湧而出。終於，他大叫一聲，擠在胸口的力量跟著飛了出來，那是一團金黃色的光。他渾身變得輕鬆起來，甚至覺得有些累了。

巨石怪捏著他的爪子依然不停搖晃，可是端午感覺不到眩暈，他心裡很平靜，像被溫柔的風包圍著，像躺在舒服的床上，像回到了媽媽的懷裡。這一切太不真實了。

「我怎麼了？快要死了嗎？」

端午打了個冷顫，瞬間清醒過來。這時，巨石怪發出痛苦的叫聲，把端午扔了出去。青鳥接往了端午，輕輕的把他放在地上。

從大叫開始，端午的身體就被一團金色的光包圍著，是那團光保護著他。

青鳥開始和三團火焰一起攻擊巨石怪，吸引他的注意力。杜月亭抱起被包圍在光裡的端午，朝著洞外奔跑。橙影也飛到他們前面幫忙照明。

當他們遠離巨石怪，包圍著端午的光也慢慢散開，最後化成一顆顆金燦燦的珠子，消失在端午的胸口。

杜月亭抱著端午，一口氣跑到了洞外，他大口、大口喘著氣，又掏出懷裡的燈泡草檢視，還好它沒被壓扁。

端午坐在地上，心還怦怦跳個不停。他準備站起來，可是雙腿似乎不聽使喚。青鳥、赤影和青影很快也飛了出來，杜月亭揹起端午，繼續前進。

「為了一株燈泡草差點丟了性命，我們真是一群傻瓜。」離山洞遠了，青影又開始說俏皮話。

「不是為了燈泡草，是為了八爺爺。我們的選擇值得賭上性命，這是異術師的原則。」杜月亭笑著說。

三團小火焰一定要看看這株燈泡草，可是，只被他們的火焰照了一下，燈泡草就開始枯萎，杜月亭趕緊把他們趕進火摺子裡，又用黑色袋子罩住燈泡草，把它藏進懷裡。

東方微微發亮了，他們必須加快速度，在天亮之前趕回家，把燈泡草藏進倉庫裡。端午感覺自己的雙腿變輕鬆了，一定要自己走路，他走路的速度甚至比進山洞前還要快。

杜月亭大吃一驚，心想，這個孩子的恢復速度也太快了。

「杜先生，剛剛從我身體裡飛出來的那團光是什麼？」過了一會兒，端午好奇的問，「難道是我的守護靈？」

杜月亭搖搖頭，說：「我也不清楚那是什麼，但不像是守護靈。不過它也像守護靈一樣保護著你，只要記得這一點就夠了。剛剛那團光飛出來時，我隱約看到你額頭上的黑色印記發光了，應該和它有關。」

端午摸摸額頭，感覺一股溫和的力量流入他的手臂，流向他的全身。

「無論保護著我的是什麼，我都想說一聲謝謝。」

第 九 章

新任務

大家離開妖怪森林前，遇到兩個黑衣女人。天已經濛濛亮了，端午勉強能看出那兩個人的面容，她們臉色蒼白、嘴唇漆黑，嘴角帶著輕蔑的笑，像是惡鬼。左邊的女人紮著丸子頭，卻像頂著一顆南瓜；右邊的女人捲髮披散著，看起來很邋遢。她們扠著手擋在端午和杜月亭前面，一句話也不說。

杜月亭拉著端午準備從她們旁邊過去，那兩個人移動的速度非常快，瞬間又擋在他們面前。

「兩位女士，你們有什麼事嗎？」杜月亭問。

左邊那個女人伸出舌頭，舔了舔嘴唇，說道：「你們倆身上的氣味很好聞，很適合當我們的食物。你們是異術師吧！太棒了，異術師的血最好喝了，謝謝你們主動送上門來。」

她的話音剛落，就伸出手朝杜月亭撲過來，另一個女人則撲向端午。就在她的手觸到端午之前，有什麼東西從她手指裡飛出來，纏住了端午的脖子。原來，是一些白色的絲。

杜月亭很輕鬆的躲過了白絲攻擊，繞到對手身後，狠狠的踹她的背。頂南瓜頭的女人慘叫一聲，趴在地上，掙扎著起來，杜月亭又補了一腳。接著，杜月亭迅速轉過身，一掌拍倒攻擊端午的那個女人。

他又拔出短刀，砍斷了纏繞著端午脖子的白絲。那些絲黏黏的，端午花了不少時間才把它們完全從脖子上清理乾淨。

「是蜘蛛精啊！」杜月亭看著那兩個在地上呻吟的女人，「我不喜歡對女人下手，抱歉囉！端午，我們走吧！」

「想走？沒門兒！」披散頭髮的女人叫道。兩人艱難的從地上爬起來，準備反擊。

杜月亭停下來看著她們，問道：「我想知道，你們是不是欺負過一隻貓妖？」

「我們是揍了一個小貓妖一頓，他身上的人類氣味實在太討厭！」南瓜頭女人輕蔑的說。

「原來如此，本來我應該幫朋友教訓你們一頓，但我答應他不插手這件事了，而且你們兩個也不值得我親自動手。」

杜月亭再次召喚出青鳥，幫他對付這兩個女人。因為青鳥沒有實體，可以改變自己的形態，所以她們倆的白絲攻擊，對青鳥一點效果也沒有。最後，青鳥幻化成了細長的繩子，把兩個蜘蛛精牢牢綑在一起。她們倆動彈不得，開始咒罵起杜月亭。杜月亭也不搭理她們，和端午朝妖怪森林外走去。

回到家裡時天已經亮了，杜月亭趕緊把燈泡草藏進倉庫裡。

端午感覺自己比任何時刻都要清醒，並不急著回店裡休息，便一個人在牧陶鎮上遛達。杜月亭不放心，命令三團小火焰跟著他。

大部分商店還沒開始營業，但賣早餐的鋪子已經忙得不得了。牧陶鎮的小吃街相當有名，這兒的小吃與早點種類齊全，能讓顧客一個月內都不會吃到重複的早餐。

端午來到小吃街時，赤影指著一家商店對他說：「你猜這是什麼店？」

那家店位在兩間包子鋪中間，又小又破，很不起眼。綠色的厚門簾被拉得嚴嚴實實的，看起來很神祕。亮光從門簾的破洞裡透出，隱隱還可以聽到店裡的吵鬧聲。

「是黑店，做著什麼見不得光的生意。」端午非常肯定的說。

「這是妖怪的酒館，只對妖怪開放。」青影說。

「這樣啊！真遺憾，我想去看看。」端午對和妖怪有關的一切都非常感興趣。

赤影卻說：「最好不要去，你應該知道，人類在我們妖怪的地盤不受歡迎。現在老闆不在，如果你被妖怪欺負了，我們可不會幫你。」

聽了小火焰的話，端午更加想去那家店裡看看了。他深吸了一口氣，鑽到了那帶著酒氣和油煙氣的門簾後。

店裡非常安靜，而且根本不是酒館，更沒有一個客人。這只是一間狹小的屋子，四面牆壁和天花板上都畫著奇奇怪怪的畫，最裡面有一把椅子，一隻像翡翠一樣透明的青蛙正蹲在椅子上，瞪著端午。

「人類小鬼。」青蛙不屑的說。

三團小火焰也鑽了進來，門簾上留下三個圓圓的窟窿。

青蛙大叫一聲跳下來，來到門簾前，對門簾噴出一股強大的水流，差點把三團小火焰澆滅。

「你們三個混蛋，誰讓你們進來的！老闆說了，永遠也不會賣酒給你們三個傢伙！快出去！」青蛙一邊跳一邊叫道。

「你們雖然是妖怪，好像也不受歡迎。」端午笑著說。

青影也笑了，說道：「上次我們三個到這兒來喝酒時，喝得太多，不小心把整個店裡的東西幾乎都點燃了，幸好有小青蛙這樣得力的滅火員工，保住了店裡的一部分貴重物品。也幸好當時遇到了好心的杜老闆，幫我們賠償了損失，所以我們就加入了舊貨行。之後，我們學乖了不少，不再喝過多的酒。」

「你放心，小青蛙，我們不會進到酒館裡去，畢竟，不能頻繁的讓杜老闆幫我們賠償損失，是我們這位朋友要去，人類朋友，你還不快攔住他，用你的水流攻擊，把他沖到大街上去吧！」赤影指著端午說。

「沒錯，人類小孩快出去吧！」青蛙說。

「我不像他們會燒毀東西，而且我也會給錢，為什麼不能進去呢？」端午不想放棄。

「半妖和人類不得入內，這是我們店的原則。」

「如果杜月亭先生來了，你會讓他進嗎？」端午問。

「會，雖然他是人類，但已經得到我們店的認可，可以為他破例。快走吧！好好當個人類，忘掉妖怪的事情，無知又愉快的度過你的人生。」那隻青蛙有些不耐煩的說。

橙影湊到端午耳邊，燒掉了他鬢角的幾根頭髮，小聲說道：「你看到椅子背後的畫沒有？那幅畫的牆上有一隻青蛙的爪子印，只要把那隻青蛙的爪子按在上面，畫後面的門便能打開，也就能到達酒館了。」

端午很快就發現了牆壁上的爪子印，但也發現這隻青蛙比普通的青蛙大，爪子也比較大。他當下便決定必須依靠武力使這隻青蛙屈服。他要抓住青蛙，讓他開門。

端午準備捉住青蛙時，門突然被打開一道縫，舊貨行裡那三隻小老鼠蹦了出來。只見丁當扛著一個袋子，與自己的兩個弟弟談笑風生。當他們看到端午和三團小火焰時，嚇了一跳，大叫起來。

丁當很笨拙的想把那個袋子藏起來，端午見狀，蹲下來，問：「袋子裡裝著什麼？」

「什麼也沒有。」丁當的頭搖得像波浪鼓，他的兩個弟弟也使勁晃著腦袋。三隻老鼠的六隻眼睛，滴溜溜轉個不停。

三團小火焰飛到老鼠們的頭頂。青影說：「一定藏著什麼東西，你們三個不會是在這兒偷東西了吧？小青蛙，快把他們抓起來！」

「閉嘴，你們這幾團火！」丁當對小火焰們大叫，並用目光示意丁丁與當當。三隻小老鼠默契十足，拔腿往酒館外跑去。

端午對他們拿的東西更感興趣了，他大叫著「別跑」，跟了出去。

三隻老鼠速度很快的鑽進了一條巷子裡。他們對牧陶鎮所有地下暗道瞭若指掌，一下子就從牆縫鑽進一戶人家的院子裡，逃進了地下通道。「大個子」端午鑽不進去，三團小火焰擔心地道裡太悶自己會熄滅，追趕三隻小老鼠的行動到此結束。

「算了，他們拿的說不定也不是什麼了不起的東西，只是故意吊我們胃口呢。」端午說。

「說不定會是什麼黑暗危險物質。這三隻老鼠老是喜歡胡搞些古怪的東西，有一次差點把我們的店給炸毀了。」青影瞪著眼睛說。

端午現在才感覺到累了，和三團小火焰一起往回走。陽光很好，他無意中低下頭，這才想起自己沒有影子的事情。真奇怪，他感覺地面似乎也變得有些不真實起來。現在他並不覺得身上不舒服，所以失去影子並沒有帶來多大的影響。

一路上，端午發現到處都貼著通緝令，也就是從監獄裡逃出來的那幾位異術師。雖然只是畫像，端午還是可以感覺到，那些人可怕的眼神似乎正望著他。他覺得自己像是暴露在光天化日之下，受到了一種來自不明地方的拷問。

他們來到一條僻靜的小巷時，四周突然響起讓人很不舒服的「嗞嗞」聲。青影飛到屋頂上，說道：「有什麼東西正在靠近。」

「美味的東西。」赤影補充說。

很快的，一大群淡藍色的鬼火從西邊湧來，把端午和三團小火焰包圍起來。它們比昨天晚上的更大，並且發出恐怖的聲音。

「怎麼回事？」端午說。

「我們也不知道。但它們聞起來真的很好吃。」橙影說。

「這人類孩子聞起來更好吃呢！」鬼火中最大的那一團，舔了舔自己的臉說。

所有鬼火都望著端午，像望著一隻美味的大雞腿。

「如果你們想烤肉，最好不要找我。我太瘦了，不適合燒烤。真不明白，怎麼突然之間，我就成為鬼火的食物了呢？」端午說。

「不是鬼火的食物喔！這些鬼火聞起來有一大股妖怪的氣味，是妖怪們的法術，讓你現在成為一大群妖怪的理想食物。」赤影說著，示意了一下青影和橙影，三團火焰又像昨天晚上那樣張大嘴巴，風捲殘雲的把那些鬼火吸進了自己的肚子裡。

吞下了太多鬼火，三團小火焰變得像鬼火一樣陰森森、藍瑩瑩的。赤影打了個冷顫，說：「這些傢伙身上的陰氣太重，凍死我啦！端午，我們得快點回去，既然鬼火來了，那些妖怪和他們的守護靈說不定很快就會來了。」

端午回到店裡時，杜月亭正和一個年輕男人說話。那個人轉過頭看了看端午，對他溫和的笑了笑，不知怎麼回事，端午並不喜歡他。

端午來到櫃臺邊，兩個人的談話也中止了。陌生男人對杜月亭說：「我先走了。等這項工作完成，我們倆要好好喝一杯。」

「最好不要，到時你又要發酒瘋，還得我把你送回去。」杜月亭笑著說。

那個男人哈哈大笑起來，和三團小火焰打招呼之後，大步的離開了。

端午問杜月亭：「他是誰呀？」

「我學生時代的朋友周遠空，最喜歡自吹自擂，不過人還不壞。他也是『蜉蝣之羽』的成員，口才非常好，是我們協會裡的重要人物。他現在在牧陶鎮執行任務，而且，一定不是尋常任務，不然他不會親自出馬。最近太奇怪了，先是沈家人出現在牧陶鎮，接著又來了這個『大話王』。總感覺有什麼大事，在我不知道的情況下發生。果然，待在牧陶鎮這樣的地方，我的消息越來越封閉了。」杜月亭說。

「杜先生，可能是因為我沒有影子，所以特別注意別人的。我總感覺周遠空先生的影子有些奇怪。」

「怎麼奇怪了？」

「我也說不上來，可能是我的錯覺，反正有些不對勁。」

杜月亭笑了起來，說道：「端午，你不會真的開始嫉妒我們有影子了吧？看你剛剛和這三團小火焰急匆匆的跑回來，你們遇到什麼事了嗎？赤影、橙影、青影的身上都有很重的鬼火氣息。」

「有一大群鬼火把我們包圍了，想要吃掉端午，我們就把他們吃掉了。雖然鬼火味道不錯，但真的不能多吃啊！」赤影說著，做出一個嘔吐的動作。

「他們的目標真的是端午嗎？」杜月亭問。

「沒錯。」橙影說，「他們還說他聞起來很好吃。當然啦！我也覺得從昨天晚上突然飛出一團光之後，端午身上那種誘人的氣息就更重了。不過，可能我們是不想吃妖怪的好妖怪，所以沒把他往食物上想。」

「我身上到底是什麼氣息？我怎麼沒感覺到？」端午說。

「最美味食物的氣息，總之，以後妖怪不會再將你當作普通人類看待，而是食物。」青影說。

「那我得趕快教你異術師的基本能力，不然妖怪們遲早會把你吃了。」杜月亭看著端午，「不過，你現在還是先去睡覺吧！昨天忙了一整夜。」

「我不睏，我們現在就開始練習吧！」端午一本正經的說。

杜月亭笑著搖了搖頭，說道：「你可真心急，至少要給我一些時間，讓我列出詳細的訓練計畫來呀！不過既然你不想睡覺，那我就告訴你昨天晚上店裡發生了什麼事。原來，珠兒和佩兒也聽到了走廊上的腳步聲，和你一樣跟著腳步聲來到了門上寫著『羽』字的倉庫，但是她們沒從鏡子上看出任何端倪，所以她們的影子還在。端午，你現在可以去查看鏡子的情況。」

來到倉庫，杜月亭站在鏡子的背面，讓端午一個人面對著鏡子。那面鏡子此時依然照不出影子來，端午用袖子使勁擦了擦鏡面，說道：「我知道是你這個怪物把我的影子搶走了，你快出來，我想要問問你。」

鏡子沒有反應。

「你是個什麼怪物？你躲在這面鏡子裡，到底想幹什麼壞事？」端午又問。

鏡子依然沒有任何反應。

「快點出來，不然我就把你打碎。」端午開始威脅了，可是那面鏡子還是安安靜靜的。

杜月亭示意端午停下來，說道：「看來這樣做沒有任何作用，還是換一種方式吧！」

「說不定我的影子就被囚禁在鏡子裡，我乾脆把它打碎，把我的影子放出來。」

「不行，現在我們也不能確定是這面鏡子搶走了你的影子。」杜月亭說。

「怎麼，你的影子不見了？」

逐一的聲音突然從窗戶外傳進來。很快的，他就跳進了屋子裡，化成人形。他的癒合能力比人類強得多，臉上的傷好多了。他看了看端午空盪盪的腳邊，笑著說：「你可真是粗心大意，竟然把自己的影子搞丟了！」

端午白了他一眼，說：「我不是粗心，是厲害，你們想拋棄自己的影子都沒有機會呢！」

杜月亭也笑了，說道：「這倒是個不錯的自我安慰的方法。」

「我不是安慰自己，我是認真的。」端午不甘示弱。

逐一不再糾纏於這個問題，對杜月亭說道：「你們取回燈泡草了嗎？」

「取回一盆，剛剛我在倉庫裡點了一支蠟燭照著它。它沒有死，不過我不敢一下子把它拿出來，必須讓它有一個慢慢適應的過程，才能曬在陽光下。而且，那盆燈泡草好像是最珍貴的金色。」杜月亭說。

審問鏡子一事沒有任何結果，不久，青影飛進來告訴杜月亭，客人來了。看他一臉神祕的樣子，應該是個相當顯貴的客人。

端午跟著杜月亭回到前廳，看到一位身穿黑裙的夫人坐在櫃臺前。她臉色蒼白、眉頭緊蹙，聽到大家的腳步聲才抬起頭來。她一看到杜月亭，兩隻眼睛立刻閃閃發光。

杜月亭讓逐一為她倒了杯熱茶。她接過茶，兩隻手緊緊抱著茶杯。

「放鬆點，郭夫人。您有什麼事情可以告訴我，我會盡最大的力量幫您解決。」杜月亭溫和的說。

那位夫人喝了兩口茶，慢慢說道：「我是瞞著我丈夫到這兒來找您的。他是個死要面子的人，不過老實說，我們真的撐不下去了。」郭夫人眼淚流了出來，肩膀也抖動起來。杜月亭沒有勸阻她。

過了一會兒，郭夫人停止哭泣，擦乾眼淚，繼續說：「對不起，我太失態了。」

「誰都有痛苦與無助的時候，哪怕您擁有全世界最了不起的糖果工廠。」杜月亭說。

這位夫人是糖果工廠郭千重老闆的妻子，郭千重對異術師向來有偏見，也難怪她要瞞著自己的丈夫來求助。

「您找我一定是因為蜘蛛精的事，對吧？」杜月亭問。

郭夫人點點頭，說：「我們工廠這幾個月來，一直被那隻蜘蛛精威脅、敲詐，每個月都得為他提供最好的糖果，稍微遲了些，他就會大發脾氣，到我們工廠裡大鬧，所有員工都苦不堪言。我向丈夫說過很多次，憑杜先生的人品與能力，我們可以安心的把這件事情交給您處理。不過我丈夫就是不同意，他對異術師的反感根深柢固。

今天，蜘蛛精又派人來我們糖果工廠，說我們送給他的糖果味道不像先前那樣純正，一定要讓我們重新製作，並且要在三天內送過去。那種糖果製作流程複雜，三天內根本做不出來，就算勉強作出來，味道也差得遠，到時，他一定又會再次找我們麻煩。我再也不想聽我丈夫的話，就趁他去工廠時偷偷來找您。杜先生，我想委託您幫我對付那隻可惡的蜘蛛精，再也不想讓他的陰影籠罩在我們工廠。」

「不過，郭先生恐怕不會同意我這樣做。」杜月亭有些為難。

「那間糖果工廠我也擁有一半，我能作主。」郭夫人提高了聲音，又從口袋裡掏出錢包，將一張支票遞給杜月亭，「這一部分是預付款。杜先生，等這件事情結束之後，我會把剩餘的錢給您。」

「期限一到，我會到你們工廠，親自將『糖果』送到那位辛先生的手裡。」杜月亭說。

「我們還要準備糖果嗎？」郭夫人驚訝的問。

杜月亭搖搖頭，說：「不用。不過您倒是可以為我和我的店員們準備些糖果，我們都非常愛吃你們家的糖果。」

這位郭夫人見杜月亭同意了她的委託，瞬間便放鬆了，彷彿她與她的工廠已經擺脫了那位蜘蛛精先生的壓榨。

端午心中對杜月亭的崇拜又增加了，他明白，杜先生因為自己的超強能力，已經得到了大家的極度信任。這也是端午想要的，他希望自己有一天也足夠強大，能夠獨當一面，能夠讓這種安心的表情，出現在需要幫助的人臉上。他突然間覺得，自己的人生中有了一個目標——他要為需要幫助的人提供協助。

郭夫人出手超大方，三團小火焰高興得差點把店給燒了。大家都相信，只要杜月亭出馬，一定能消滅蜘蛛精。不過，杜月亭並不打算殺掉蜘蛛精，只是要打敗他，把糖果工廠納入自己的保護中。

這時，三隻小老鼠突然從走廊裡鑽過來，得知這個消息，高興得亂唱亂跳。等大家安靜些之後，端午對三隻老鼠說：「你們的袋子裡到底裝著什麼呀？」

「裝的是祕密，怎麼能隨便告訴你呢！」丁當說。

「又是讓你們變強的偏方吧？」杜月亭笑著說。

三隻老鼠一個字也不肯透露，很快就唱著歌兒離開了。

珠兒和佩兒到晚上才回來，她們倆也有個絕密計畫，不肯告訴店裡其他人。端午本來準備一夜不睡的監視她們，看看這計畫到底是什麼，可是剛吃完晚飯他就爬到床上睡著了。

無邊無際的黑暗籠罩著牧陶鎮，一個低沉的聲音幽幽的說：「明天有好戲看了。」

遠處傳來了一聲狗叫，不知道是發現了什麼。

第 十 章

混亂的牧陶鎮

端午被高低起伏的尖叫聲從夢裡拽了出來，他揉了揉有些發脹的眼睛，穿好衣服來到前廳，差點沒笑出來。

尖叫聲是戚夫人和高夫人發出來的，兩人好像在比賽誰的聲音更刺耳。她們分別穿著黃色和藍色的衣服，不過戚夫人的衣服太大，高夫人的衣服又太小。杜月亭站在櫃臺後，示意兩人安靜下來，她們倆完全不理。

當端午來到杜月亭身邊時，發現這只是穿著杜月亭衣服的男人，他比杜月亭要強壯，衣服也有些不合身。這個人是周遠空。他的旁邊，還有三個虎背熊腰的男人抱頭亂躥，嘴裡嘟囔著：「我怎麼了？我怎麼了？」

三團小火焰從屏風外飛進來，端午問他們：「混亂製造大賽嗎？」

「翻天覆地的變化，有意思極了。」赤影說，「整個牧陶鎮的人都被這變化嚇呆了，現在到處都是『哇哇哇』的叫聲。大家都說：『怎麼回事？我怎麼不是我了！』看起來，只有我們幾個還是正常的，小鍋蓋，你是謝端午嗎？」

「我當然還是我。」端午說，「你們說的變化到底是什麼呀？」

赤影伸出火舌指著周遠空，說道：「你去問他。」

端午不喜歡周遠空，很不情願的來到他面前，剛開口說了「周先生」三個字，那個男人就豎起了眉毛，說道：「我是杜月亭，可不是什麼周先生！」不過，他的臉色馬上又緩和下來，苦笑道：「當然，現在我看起來和周遠空沒有任何區別。」

端午發現眼前這個人的眼神，比周遠空溫和得多，說道：「您真是老闆嗎？到底發生什麼事了？我不過睡了一覺，倒像是睡了幾十年！」

杜月亭搖搖頭，說：「我也不清楚到底發生了什麼。今天早晨醒來之後，我覺得胸口很悶，還發現我的睡衣變小了。奇怪，難道我一夜之間長胖了不成？接著，我又發現手臂上有一塊青色胎記，它也是一夜之間冒出來的。我感覺自己變得不像是自己了，洗漱時照鏡子，又看到鏡子裡出現的竟然是周遠空的臉。」

那兩位夫人也安靜下來，來到杜月亭身邊。其實，她們倆是珠兒和佩兒。珠兒變成了戚夫人的模樣，佩兒變成了高夫人的模樣。

「我們倆也變成了最討人厭的樣子，感覺世界都要毀滅了。」珠兒歎了口氣說。

端午覺得自己似乎都有些討厭珠兒了，他轉過頭看著三個壯漢，說：「他們三個不會是三隻老鼠吧？」

「是的。他們老是希望變得強壯，這個願望終於實現了。」杜月亭說。

三隻老鼠也不再亂跑，坐在櫃臺前的椅子上喘氣，不過，他們的屁股依然不停扭來扭去。自稱是丁當的那個男人感嘆道：「現在身體太沉重了，稍微活動一下就喘個不停，還是原來的身體比較好。而且，我們幾個只想變得強壯，可是討厭人類的樣子呀！」

端午再也忍不住哈哈大笑起來，對大家說：「我只是弄丟了影子，你們幾個連身體都弄丟了，現在明白是誰粗心大意了吧？」

赤影飛過來，有些幸災樂禍的說：「準確的說，現在全鎮的人，好像都把自己的身體搞丟了。」

「我們現在該怎麼辦？」珠兒一臉嫌棄的低頭看了看自己，「我可不想以這種模樣見人。」

「準確的說，我們不是弄丟了原來的身體，是我們的身體和別人的身體交換了。我們必須先找到自己的身體，再想辦法換回來。」杜月亭說著。「希望現在不是周遠空在使用我的身體，他說不定會故意從山上摔下去，把我的身體摔得傷痕累累。」

大家一窩蜂離開了舊貨行，三團小火焰笑個不停，盡全力嘲笑他們的夥伴。端午覺得奇怪，為什麼他和小火焰們的身體沒有與別人的交換呢？

後來，端午和三團火焰也來到大街上。四周都是古怪的人——他們有的因為反感新的身體而痛苦大叫，有的很滿意自己的新身體而高聲笑著，有的則是找到了自己本來的身體，正與這身體現在的主人爭搶，扭作一團。看到這失控的場面，端午也只能和小火焰一樣，摀著肚子哈哈大笑。

沒多久，端午看到了珠兒，準確的說，應該是有著珠兒面容的人。他走上前去，聽到那個人得意的說：「我要毀了你這個小妖精的臉，看以後杜先生還喜不喜歡你！」說完，她給了自己一個耳光，疼得哇哇大叫起來。聽她說話的語氣，這個人應該就是一直喜歡杜月亭的戚夫人了，端午決定還是不要招惹她。

後來，端午遇到一個不停學狗叫的人，他馬上便明白：這不是人，而是一條狗，他和某個人交換了身體。那個人還像狗一樣咧開嘴巴，露出一口參差不齊的大黃牙，用凶狠的目光看著端午。端午擔心被他咬一口，趕緊溜走了。

到了中午，端午有些餓了便回到店裡。大家都沒回來，他在廚房裡尋找食物時，畫中世界那隻藍色兔子跑了進來，把嘴裡銜著的信交給他便迅速離開了。畫中世界的生命不能長期待在外面的世界裡。

那是祁飛雪的來信，裡面寫著：

端午，今天上午我烤了太多餅乾，快來幫忙消滅。

端午揉了揉「咕咕」叫的肚子，回到自己房間。陽光依然像往日那樣燦爛、溫暖，他突然想到自己種下的種子，便來到院子裡查看。那株小植物長大不少，葉子嫩得能掐出水來。端午又在心裡祈求龍神大人保佑他的植物趕快長大，然後，走進畫中世界，穿過迷霧來到祁飛雪家裡。

祁飛雪正在走廊盡頭的陽臺上曬太陽，她的半張臉融化在陽光裡。陽臺的藤蔓開著紫色的小花，下面則是水流湍急的深淵。

祈飛雪看見端午，邀請他坐下。坐在陽臺上，端午可以感覺到從谷底吹來的陣陣冷風。

然後，祁飛雪端來一大盤餅乾，又倒上兩杯熱茶。她看了看端午，說道：「你看起來很累。」

「前天晚上一夜沒睡，覺得還沒完全補回來。」

端午把尋找燈泡草的事情告訴祁飛雪，還大大吹噓了一番自己的英勇行為。祁飛雪的朋友兔子先生這時也來了，他抓起一塊餅乾塞進嘴裡，跳到陽臺欄杆上望著遠處的山。

一想到陽臺下是萬丈深淵，端午就渾身冒冷汗，他伸手抓住兔子先生的耳朵，說道：「快下來，小心掉下去。」

祁飛雪呵呵笑起來，對端午說：「你不用擔心，我們可是妖怪呢！我家兔子先生喜歡水和刺激的生活，經常會從陽臺上跳到下面的深潭裡。對他來說，這就像你從臺階跳到草地上一樣輕鬆，只是稍微活動身體罷了。」

「活動身體？」端午的腦子裡出現兔子先生栽進深淵裡的場景，突然很想看看他的表演。

兔子先生深吸了幾口氣，又活動了一下四條小短腿，然後轉過頭對端午說：「我是個跳懸崖高手，經驗豐富，所以一定會平安無事，你可千萬不要模仿我的行為。」

「才不會！我又不是像你一樣的傻瓜。」端午說。

兔子先生笑著點點頭，沒有任何預兆和提示，他身體前傾，像石頭一樣朝著深淵墜落。端午的心猛的縮緊，擔心得叫了出來。他趴在欄杆上，看著兔子先生越來越小，像花生米一樣掉進了雪白的浪花中，不禁在心裡默默祈禱：「龍神大人，希望您能讓兔子先生活著。」

祁飛雪依然悠閒的喝著茶，又招呼端午坐下來，說道：「你不用擔心，如果兔子沒到森林裡找朋友喝酒，半個小時之後就會回來。他每天都用這樣的方式下山。你到我家的次數多了就會明白。」

「無法理解你們妖怪的想法。」端午說。

「我也無法理解你們人類的想法。人與人之間，異術師協會之間，國與國之間，整天為了雞毛蒜皮的事情爭來搶去，大打出手，難道和平相處真的這麼難嗎？」

「也並不是所有妖怪都像你這樣懶得爭、懶得搶，就像蜘蛛精辛如舜，他就是個大壞蛋。」端午反駁道。

祁飛雪愣了一會兒，說：「那倒也是，只要有自己的意識，就會產生自私的想法吧！希望你長大之後不要變成那樣的人，不然身為朋友，我會非常難過。繼續喝茶、吃餅乾吧！今天要把餅乾全部解決。你好像住在一家什麼店裡，帶些餅乾給你的朋友吧！」

端午覺得祁飛雪活了一百多年，一定見多識廣，就把牧陶鎮發生的一切都告訴她。祁飛雪說：「身體交換了？我也不清楚是怎麼回事，我家兔子先生很博學，他應該知道。」

祁飛雪伸出左手，從她那細長的食指中飛出一道光，在空中變成一條半透明的白蛇，這是她的守護靈。

「把兔子先生叫回來，就說有十萬火急的事。」

白蛇朝著深潭方向飛去，很快的，就用尾巴纏著兔子先生，帶著他飛回來了。白蛇將兔子先生從陽臺上空拋下來，兔子先生敏捷的抓住藤蔓，才沒再次掉到懸崖下。

他沿著藤蔓爬上來後，不停詛咒著那條大白蛇和他的主人祁飛雪。祁飛雪聽得不耐煩了，一把拎起兔子的兩隻耳朵，說道：「停──我有正經事要告訴你。」

「你還能有什麼正經事？」兔子先生不大相信她。

祁飛雪對端午說：「你把你們鎮上發生的事都告訴他。」

端午便把鎮上的混亂仔細講給兔子先生聽。兔子先生很感興趣，他回到書房裡，沒多久就頂著一本比他還大、還重的書出來，用盡全身力氣把書甩到桌子上。他跳到桌上，迅速翻著書頁，最後用一隻前腳按在書上，得意的說：

「就是這兒了！據書中記載，這個世界上有一種名叫融影的蟲子，他們沒有實體，以影子的形式存在，只能生活在黑暗裡，或是隱藏在影子中，在影子之間自由移動。如果他們們願意，甚至可以將兩個連在一起的影子交換，當然，只能交換有生命存在的影子。被交換過影子的人或是動物，外表也會被交換，不過意識卻還是自己的。你們鎮上應該是出現這種蟲子了。」

「牧陶鎮上那些人先是影子被交換了，接著身體也跟著慢慢變了樣子，對嗎？」祁飛雪問。

兔子先生點點頭。

端午猛然想到，昨天周遠空離開舊貨行時，他就覺得哪裡不對勁，現在一切都明白了，不對勁的是周遠空的影子，一定是那時候，周遠空的影子和杜月亭的交換了，所以今天他們倆的外表也交換了。這時，端午又有一個新的疑問，便問道：「可是之前大家都是正常的，這種蟲子又是從哪兒來的呢？」

「我看看。」兔子先生半瞇著眼睛盯著書，「是這樣的，融影蟲一般出生在永久的黑暗裡，像是地下或是山洞裡。如果人或動物來到他們棲息的地方，融影蟲可能就會跟著他們的影子離開。」

「原來是這樣。」端午說。

「說不定是你和你們老闆把他帶出來的呢！你們昨天不是去山洞裡找什麼燈泡草了嗎？」祁飛雪提醒道。

「也不能說得這麼肯定。對了，小鬼——」兔子先生神祕一笑，「你好像沒有影子。」

「前兩天不小心把它弄丟了，正因為我沒有影子，才沒有變成其他人吧！」

「那你現在有一個成為英雄的機會了！融影蟲奈何不了你，你可以抓住他，讓他乖乖把大家的影子換回來。」兔子先生「啪」的合上書。

「怎麼抓？」端午聽了非常興奮。

兔子先生又翻開書，瞅了半天，說道：「書上沒寫，我也不知道。不過你最好盡快把他抓起來，不然他會交換更多的影子，到時不僅你們牧陶鎮，可能整個世界都要大亂了！」

「我想去看看。」祁飛雪說。

兔子先生白了她一眼，說：「你去也行，如果你願意讓別人使用你的身體。」

「那算了吧！端午，你吃飽了嗎？」祁飛雪突然問道。端午點點頭。她接著說：「那趕快去把那隻融影蟲抓起來吧！如果你不想平凡度過一生，這對你來說是個好機會。」

「我們在精神上支持你。」兔子先生說。

「還有，在食物上。」祁飛雪舉起一塊餅乾。

端午回到舊貨行，依然不知道要怎麼做才能讓一切恢復正常，他決定先找到融影蟲。

長成周遠空模樣的杜月亭已經回來了，正百無聊賴的坐在櫃臺後。看到端午，他說：「我真討厭現在的自己。希望八爺爺趕快回來，他一定能為今天發生的事找到合理的解釋。」

端午把祁飛雪送的餅乾交給杜月亭，又把兔子先生所說的話告訴他。

聽完之後，杜月亭說：「原來如此。你算是因禍得福了。小火焰們也還在，可能因為他們是光明之源，雖然有影子，也很難被發現。」

「兔子先生說我能夠捉住那隻融影蟲，可是我該怎麼做呢？我怎麼知道他會躲在誰的影子裡呀！真是不可能完成的任務。」端午有些沮喪的趴在櫃臺上。

「你想不想成為異術師？」杜月亭突然問。

端午點了點頭。

「你知道異術師最重要的品質是什麼嗎？」

端午抬起頭，望著杜月亭。他繼續說：「你要拚盡一切幫助別人。現在正是考驗你的時候。我和店裡其他成員會幫你在牧陶鎮尋找那隻融影蟲，找到他之後我們再一起想辦法。沒有時間耽擱了，現在就行動。我來試試自己的能力。」

杜月亭伸出左手，青鳥從他手臂裡飛了出來。他頓時鬆了一口氣，笑著說：「守護靈沒變，我還是杜月亭。青鳥，你到街上去觀察那些影子，把融影蟲找出來。可惜沈家人走了，他們的七星蝶嗅覺很靈敏，一定能輕鬆找到融影蟲。端午，你和青鳥一起，我去通知其他人。」

離開舊貨行前，杜月亭抓起一塊餅乾吃起來，嘴裡說道：「味道好極了，等這件事情過後，你一定得介紹我認識你的妖怪朋友。」

青鳥非常認真的按照杜月亭的指示尋找著融影蟲，一點也不考慮端午不能飛、跟不上他的速度。端午一路上小跑步，累得氣喘吁吁，最後還是把青鳥跟丟了。他乾脆一屁股坐下來休息。

一隻黑貓從屋頂跳到他面前，端午見了，問：「逐一嗎？」

那隻貓變成了逐一的模樣，興奮得過了頭，他摟著端午的肩膀，叫道：「太好了！總算還有一個朋友是正常的！」

端午也很高興見到沒有被交換影子的朋友。這時，青鳥突然飛到他頭頂，說：「他在逐一的影子裡！」

端午和逐一同時低頭看著逐一的影子，逐一問：「我的影子裡有什麼嗎？」

端午沒有時間向逐一解釋一切，這時，逐一影子的頭頂冒出一小團黑色影子來，看來就是融影蟲了。兔子先生說他會在影子和影子之間移動，幸好逐一的影子沒有和任何東西的影子連在一起，融影蟲一時間也跑不了了。

端午蹲下來，正思考著要怎樣讓融影蟲聽他的話，這時，一群人因為被一條惡狗追趕，從巷子裡跑了出來。

端午的心提到了喉嚨口，叫道：「逐一，快跑！不要讓你的影子和任何影子相連！」

「到底怎麼了？你的話是什麼意思？」逐一完全不明白發生了什麼事，呆呆站在原地。

端午拉著他狂奔，但很快就被那群人趕上，大家的影子瞬間混在了一起。人群散開之後，融影蟲也不知道去了哪裡。

端午有些心灰意冷，他把發生的事情告訴逐一，在逐一的鼓勵下，兩個人一起尋找融影蟲。端午驚訝的發現，逐一的影子並沒有被改變，他還是逐一。

夕陽西下時，他們終於找到了躲在石頭影子裡的融影蟲。端午與逐一分別站在融影蟲的兩邊，包圍著他。

「你沒有讓逐一的影子與剛剛那些人交換嗎？」端午好奇的問融影蟲，他希望這種神奇的蟲子會說話。

「當然沒有。」他果然開口了，「從昨天早晨到今天上午，我交換了好多影子，看了不少鬧劇，已經有些膩了。你真好玩，竟然沒有影子呢！」

「我的影子比較貪玩，可能迷路了。」端午說，「其他人的身體也迷路了，離開了自己的主人，這都是你做的。」

融影蟲得意的笑了起來，說道：「我不是有意的，只是長年生活在山洞裡太無聊了，好不容易出來了，我得為自己找些樂子。怎麼樣？你們也覺得非常好玩吧？」

「那倒是，比我玩過的所有惡作劇都有趣得多。」逐一附和道。

端午瞪了他一眼，對融影蟲說：「有趣歸有趣，現在是時候把大家的影子換回來啦！鬧劇該結束了，我們都應該回到正常的生活。」

「端午說話越來越像個大人啦！」逐一故意說。

「因為現在我是以異術師的身分在說話。快把影子換回來吧！」端午說。

融影蟲大笑起來，說道：「如果把影子換回來，他們又會忘了我，會忘了自己影子的重要。除非——」

「除非什麼？」端午問。

「讓我來當你的影子吧！」融影蟲說。

端午吃了一驚，說道：「你想當我的影子？」

「對啊！」融影蟲從石頭的影子裡露出了一隻細長的觸角，「不管怎麼說我也是影子，當然想有一個固定的主人，這樣就不用整天在影子之間躲來躲去。我更不想回山洞，最討厭永無天日的日子了！我要在陽光下投下陰影，讓所有人都看到我的存在。如果我成為你的影子，就完全聽你的命令行動了，到時候，你就可以讓我把大家的影子換回來。」

「有道理。」逐一插嘴，「反正你也沒有影子，就答應他吧！」

「可是，我自己的影子總有一天會回來的。」端午有些為難。

「萬一不會回來了呢？」逐一說。

「這樣吧！在你的影子回來之前，就由我當你的影子，之後我就會離開。我想要嘗試一下成為別人影子的生活。」融影蟲說。

端午想了想，答應了。融影蟲讓端午把手伸到他露出的觸角上，這時，一團黑霧狀的東西鑽進了端午的手指裡，接著往上移動，鑽進了衣服裡。端午看不到，但可以感覺到那東西經過他的胸口、肚子、大腿與小腿，來到他的左腳。端午脫掉鞋子，看到黑影正從腳趾滲出，一團影子漸漸從他腳邊長出來，變成了自己的形狀。

端午驚訝極了，他動了動手臂，那影子也跟著動了動，不過動作都慢半拍。

端午不停扭動著身體，影子也盡量配合他的動作，但是很快就不耐煩了，還對著端午叫道：「小鬼，適可而止吧！你得給我時間跟上你的節拍，懂嗎？」

「知道了。」端午撇了撇嘴，「真是個脾氣大的影子。你叫什麼名字？我總不能叫你融影蟲吧？」

「沒有名字。你可以幫我取一個，因為你是我的主人。」

「這種事情我可不擅長，讓我想想……要不就叫你墨墨吧！因為你像一團墨一樣，全身上下都是黑色的。」端午說。

「你也太隨便了，什麼奇怪的名字！不過我不介意。」融影蟲說。

融影蟲並不準備馬上把大家的影子換回來，今天上午他還交換了不少人的影子，那些人的身體要等到明天才會變成影子的模樣，那時才能確定誰的影子和誰的影子交換，也才能知道應該怎麼樣將影子換回來。

端午和逐一一起回到舊貨行，他這才感覺到累了。

「今天你的收穫相當大呢！」逐一說。

「我有什麼收穫呢？」端午想，「收穫了一個影子？」

第十一章

師生與對手

第二天早晨，一切和昨天一樣。杜月亭依然是周遠空的樣子，因為他的眼神非常柔和，端午看著竟然都不怎麼反感了。珠兒和佩兒還是兩個中年女人，但她們的神態和說話的語氣又像年輕女孩，看起來非常奇怪。她們非常痛恨墨墨，時不時會踩墨墨幾腳。那三隻小老鼠變成的壯漢飯量驚人，再不把影子交換回來，舊貨行就會被他們吃到破產了。

珠兒和佩兒一大早就出門尋找和自己交換影子的人。早餐還沒結束，珠兒就拉著戚夫人回到店裡。戚夫人根本不想變回本來的模樣，差點和珠兒打起來，最後「三隻老鼠」抓住了她。墨墨伸出兩隻長長的觸角，把珠兒和戚夫人的影子連在一起，交換回來。不過要到明天，她們的身體才會變回原本的模樣。

佩兒很快也找到了自己影子的擁有者，但已經不是高夫人了。原來，昨天墨墨四處亂躥時，有些人的影子又經過了二次交換，完完全全混亂了。

杜月亭聯繫了宋鎮長，鎮長召集所有被交換影子的人在鎮中心的廣場上集合，各自認領自己的影子，再由墨墨把影子換回來。

三隻老鼠很快找回了自己的影子，可是杜月亭影子的擁有者卻遲遲沒有找到。天快黑了，一個五十幾歲的大鬍子男人衝到端午面前，望著杜月亭，說：「小鬼，快把我的影子換回來！」

杜月亭驚呆了，一句話也說不出來。端午看著這個男人，總覺得好像在哪兒見過他。

「杜月亭，老朋友，我是周遠空啊！本來昨天我還是你的模樣，但今天又變成現在這奇怪的樣子，看來昨天我的影子又和別人的影子交換了。快把我的影子還給我，我還是喜歡自己。」大鬍子男人有些著急的說。

墨墨把周遠空的影子換給他，杜月亭看了看自己腳下那大鬍子男人的影子，對周遠空說：「昨天你碰到誰了？怎麼你會變成這個人的樣子？」

「我每天在街上得遇到多少人，我怎麼記得住！」周遠空非常不耐煩的回答。端午對他的反感又加深了。幸好，他很快離開了。

杜月亭和其他沒有找到自己影子的人，一起在陽光下曬影子，同時尋找自己的影子，整個廣場看起來壯觀極了。

墨墨被自己的惡作劇打動了，說道：「如果不是因為我一時興起，牧陶鎮的人恐怕一百年、一千年也不會有聚在一起看夕陽的機會。」

端午也笑著說：「雖然這兩天很累，但實在太好玩啦！」

天黑了，還有人的影子沒有換回來，只能明天繼續了。

杜月亭的影子還沒找到，他看起來憂心忡忡，這讓店裡的人都非常不安。晚餐時，周遠空突然衝進店裡，指著自己那張鬍子濃密的臉對杜月亭說：「按照鍋蓋頭小鬼的說法，這張臉明天就會暫時屬於你了。我看出來了，你認識這張臉，我也覺得這個人有些面熟。剛剛突然想到，他不就是你的老師——當年很有名的異術師老師莫遠山嗎？當時和你不同班，我對他不怎麼熟，一時還沒認出來。看來，他已經來到牧陶鎮，而且昨天我還遇到過他。月亭，你有麻煩了。」

杜月亭笑了起來，說道：「你把這個消息告訴我，是想看到我害怕的表情嗎？告訴你吧，遠空，我早就做好準備，盼著他能早些來這兒，好讓我們之間也有個了斷。我沒有時間害怕，一害怕，我就輸了。」

「我可不是想看你笑話。我只想告訴你，雖然我還有任務在身，但我隨時都願意幫你。不過，看來你好像不需要幫忙，那麼，再見囉！」周遠空大步離開前，依然不放心的看了看自己的朋友。

又忙了一整天，除了杜月亭，所有人都找回了自己的影子，整個牧陶鎮總算又恢復了正常。

端午回到店裡時，杜月亭不在，他去糖果工廠了。今天，也就是蜘蛛精定下的最後期限，他想去糖果工廠打敗蜘蛛精。

端午到花園裡看了看自己種下的那株小植物，它長得很快，高度已經快到端午的腰間。

珠兒和佩兒回來之後，把端午拉進書房裡，珠兒一臉神祕的說：「端午，那天晚上，我們也到過門上寫著『羽』字的倉庫，我們覺得那面鏡子裡一定住著怪物。從今天晚上開始，我和佩兒準備用自己的守護靈，徹夜監視那面鏡子。不過我們倆能力不夠，守護靈也堅持不了太久，所以你要幫我們監視，一起把你的影子奪回來。」

「晚上我想睡覺。」端午說，「現在我有影子，能不能找回原來的影子也不是很重要。」

墨墨得意的笑了起來，說道：「沒錯，不用找了，這個世界上再也不會有比我更好的影子。」

珠兒和佩兒生氣極了，不停踩著端午的影子墨墨，墨墨故意說：「不疼，一點兒也不疼。」

這時，敲門聲響起，端午打開門，看到一個三十歲左右的男人，他皮膚蒼白，嘴角帶著詭異的笑，身邊還圍繞著幾團鬼火，渾身上下散發著一種危險的氣息。珠兒和佩兒趕緊來到端午面前。

「請問，您是誰？為什麼會來到樓上？」端午問。

那個男人笑而不語，這時，三團小火焰飄到陌生男人身後，他們已經變得慘白、慘白的。赤影大聲對大家說：「他是辛如舜，我們三個被打敗了，你們想辦法自保吧！」

珠兒和佩兒擋在端午前面，同時拔出劍。珠兒對辛如舜說道：「你到這兒來幹什麼？快出去！」

「杜月亭跑去糖果工廠，好像想阻止我拿走自己的糖果呢！我非常生氣，只好用更誘人的美味彌補損失。」

辛如舜的目光轉向兩個女孩身後的端午，以迅雷不及掩耳的速度擠開珠兒和佩兒，同時伸手掐住了端午的脖子，說道：「本來還想等你養肥一點，可是現在實在餓得很呢！」

端午拚命想要掙脫辛如舜，可是身體完全不受控制，絲毫動不了。珠兒和佩兒大叫著衝過來，那蜘蛛精微微側身，從袖子裡飛出一團黑霧，撲向珠兒與佩兒。那是辛如舜的守護靈，他的喉嚨還發出「咕嚕」、「咕嚕」的響聲。兩個女孩躲開了他，她們的守護靈也飛出來和這團黑霧糾纏；黑霧迅速膨脹，很快就把整個書房淹沒了。

端午可以聽到珠兒和佩兒的聲音，可是感覺她們離自己很遙遠。他張開嘴想呼喚兩人，但是發不出聲音。而且，好像有誰拉著他的手臂，拖著他前進。端午的意識變得越來越模糊了。

醒過來時，他發現自己四肢蜷縮在一起——他被困在一張密密實實的網裡，懸掛在屋子的正中央。這是蜘蛛絲織成的網，端午掙扎著想站起來，可是他一動，網就晃個不停。幾分鐘之後，他累得氣喘吁吁，頭也有些暈，便放棄了。

安靜下來之後，端午聽到房間外吵吵嚷嚷的，他也大聲嚷嚷起來，很快的，兩個穿黑衣的女人扭著細腰進來了。她們臉上還有傷，就是前幾天被杜月亭教訓的那兩個蜘蛛精。

「你們準備什麼時候吃我？」端午問。

「不著急，我們會慢慢折磨你。小鬼，你走運了，可以一一體驗我們的酷刑。」南瓜頭女人說。

「杜先生不會放過你們的。」端午說。

「小鬼，不用逞強了，那個男人來了，照樣得受罪。」披散著頭髮的女人說。

不久，外面有人在叫她們，她們倆就出去了。端午的頭依然暈暈乎乎的，他不知道自己在哪兒，不過，既然是辛如舜的地盤，一定在妖怪森林裡。

房間裡沒有窗戶，端午不知道現在是什麼時候，也不知道珠兒和佩兒在哪兒。杜月亭從糖果工廠回來了嗎？他知道端午被蜘蛛精抓走了嗎？他會來救端午嗎？端午想到了前幾天遇到的那一群鬼火，看來妖怪們果然想吃了他，可是，自己身上到底有什麼美味食物的氣息呢？

如果杜月亭沒來救他，那他不就是要死了嗎？端午不禁有些心酸，他還沒來得及長大，沒有關於過去的記憶，到死都不知道自己到底是誰。而且，他死時身邊一個親人和朋友也沒有，多麼孤單啊！

「沒有人比我更可憐了。」端午鼻子一酸，哇哇大哭起來，越哭越傷心，怎麼也停不下來。

「哭什麼呀！」墨墨那有些不耐煩的聲音響起。

此時，墨墨依然和端午的腳連在一起，可是他沒有待在地面，而是移到了端午面前，像長著兩條手臂的鉛筆。端午心裡一陣欣喜，說道：「幸好你還在，我還以為就要這樣孤孤單單的死去了呢！」

「你放心，我會把你的死訊轉告杜月亭。」

突然，綁住端午的蜘蛛絲鬆開了，他掉在地上，那些軟軟的蜘蛛絲接住了他。端午扯開蜘蛛絲鑽出來，看到辛如舜站在門邊。

墨墨趕緊回到地面，不過，辛如舜已經看到他了，便說道：「你的影子很有趣。」

端午哼了一聲，說：「你準備什麼時候吃我？勸你最好快點，不然杜先生不會讓你好過的！」

「你這麼有趣，我才不會馬上吃了你，而且，還有人對你很感興趣呢！

三三、七七——」

很快的，剛剛那兩個女人笑瞇瞇的走進來，辛如舜接著說：「把這個孩子帶到外面去。」

那兩個女人聽命，一人抓住端午的一隻手臂，把他拖到外面。原來，端午被吊在山洞裡，山洞外是一大片空地，空地上有一座高聳的塔樓。端午被蜘蛛絲綁在塔樓前的柱子上。過了一會兒，辛如舜才從山洞裡出來，看著端午，說：「看到這孩子現在的樣子，你一定很心疼吧！杜月亭先生？」

說完，他的目光轉向左邊黑漆漆的樹叢，端午也轉過頭，很快就看到杜月亭從容的從黑暗中走來，臉上還帶著溫和的笑。端午忍不住叫道：「老闆，您來了！我還以為自己死定了呢！」

「笨蛋！杜月亭的影子還沒找回來。他現在的樣子應該是一個大鬍子大叔。」墨墨提醒道。

端午警惕的望著走來的那個人，說道：「你是那個大鬍子，對不對？你就是莫遠山？」

「很聰明呀！小鬼。」莫遠山狡黠一笑，「我還真不忍心看你就這樣死去，所以專程讓守護靈給杜月亭送去一封信，叮囑他一定要到這兒來救你。當然，他救不了你，也救不了自己。孩子，不要著急，雖然綁著很不舒服，你最好還是先睡一覺，睡醒之後，你就可以和杜月亭一起去死了。」

莫遠山冷笑起來，眼裡閃著可怕的光。端午知道，他一定會殺死杜月亭。端午不想死，但又不想杜月亭為救他而丟掉性命。他的心糾成了一團，體會到從來沒有過的痛苦。奇怪，這種痛苦他以前好像也經歷過。記憶的火花閃過他的大腦又消逝，但是現在已經不再重要了，反正他要死了。

在這樣的關鍵時刻，端午竟然又睡著了。也不知道過了多久，他聽到杜月亭的聲音：「好久不見了，莫老師。」

端午瞬間清醒，轉過頭看到有著莫遠山面孔的杜月亭走過來。莫遠山向他張開了雙臂，說道：「月亭，我最優秀的學生，我教師生涯的驕傲，你看起來比我還要老呢！」

「就算你現在的臉是我的臉，我還是想要揍你，老師。」杜月亭依然一臉平靜，完全不理會他老師張開的雙臂，直接來到辛如舜身邊，說：「辛先生，就算你不把端午綁架過來，我也會赴約。」

「這是兩碼事。讓你到這兒來，是莫先生的意思。綁架這個小鬼是我自己的主意，他聞起來很好吃，比糖果更誘人。我和莫先生合作，但並不互相干涉。」辛如舜說。

「所以，辛先生您想要端午死，老師您則想讓我死。」杜月亭淡淡的說。

莫遠山笑了，說道：「沒錯，九年了，那時你多大？十五歲吧！還有一年才從學校畢業。這九年裡，每晚閉上眼睛，我的眼前就浮現出當年的情景，我告訴自己不能死，是我教會你異術師的本領，我要親手殺掉你。我活著出來了，你必須死。像九年前一樣，今天我們公平決鬥，如果你再次打敗我，我就放你和小孩子走，當然，現在的我可沒有受傷，這種可能性是不存在的。」

杜月亭搖了搖頭，說：「你確實不像九年前那樣帶著傷，但我也不是十五歲的學生了，現在依然可以打敗你。」

「說得好！」端午和他的影子墨墨異口同聲說。

一場決鬥即將展開，三三和七七這兩個黑衣女人也來湊熱鬧，她們各拿著一串葡萄，分別站在端午兩邊。樹叢裡發出窸窸窣窣的聲響，那是偷偷躲起來觀戰的小妖怪們。

決鬥開始前，杜月亭和莫遠山朝對方敬了個禮以示尊敬，然後分別喚出自己的守護靈。莫遠山的守護靈也是鳥兒，和青鳥有幾分相似。兩隻守護靈分別盤旋在自己的主人頭頂，叫聲裡充滿敵意與殺氣。杜月亭和莫遠山都死死盯著對方的臉。這是端午第一次看到異術師之間的決鬥，他莫名的激動起來。

莫遠山和杜月亭同時拔出劍，這也是端午第一次見杜月亭使劍。沒有任何徵兆，兩個人便化成了兩道影子，朝著對方撲去。他們手中的劍變成了兩道寒光，你來我往，你攻我守，在微微的月光下，這不像是一場決鬥，倒像是一場精采絕倫的表演。

不過，仔細看就會發現，他們倆都緊皺眉頭，臉上滲出細細的汗珠，正拚盡全力與對方戰鬥。他們的守護靈也在自己主人的頭頂打得難分難解。時間一分一秒過去了，兩個人依然不分上下，端午不禁有些著急了。

這時，「砰」的一聲，杜月亭和莫遠山的劍碰在一起，迸濺出一團火光。隨後，兩個人跳開來，一邊喘氣一邊觀察對手。

杜月亭收起劍，又召回青鳥，深吸了一口氣後，從他的身體裡飛出幾條細長的藤蔓，藤蔓上結滿紅色的果子，仔細一看，原來是一團團火焰。只有像杜月亭這樣厲害的異術師，才能讓自己的守護靈變成這種形態。

莫遠山冷笑一聲將劍扔掉，他的守護靈飛向他，變成一塊巨大的紅色毯子將他裹住。接著，他的身體像炭一樣慢慢變紅，發出紅色光芒。杜月亭的藤蔓攻過去時發出了「嘶嘶」聲，馬上縮了回來。

莫遠山哈哈大笑起來，說：「我的小徒弟，你已經沒有機會了。」

杜月亭皺著眉頭，持續不斷的揮出更多的藤蔓，它們的速度非常快，端午看得眼花撩亂。過了一會兒，杜月亭的呼吸變得急促，莫遠山身體發出的紅光也一閃一閃的，像被風吹拂的燭火。

突然，杜月亭大叫一聲，從他的身體裡又飛出數不清的藤蔓，齊齊撲向莫遠山，像水草一樣，將他纏了起來。莫遠山拚命掙扎，但很快就被重重藤蔓完全纏住。杜月亭朝莫遠山撲過去，只見一道寒光閃過——

「哎呀！形勢不妙呢！我們要不要出手幫忙呢？」女蜘蛛精三三說著，將一粒葡萄塞進端午嘴裡。

「老大沒出手，我們最好不要輕舉妄動，這好像是他們異術師之間的公平對決。」七七說著，又將另外一粒葡萄塞進端午嘴裡。

幾分鐘後，那些藤蔓慢慢鬆開，回到杜月亭的身體裡。

莫遠山臉色蒼白、目光呆滯，胸口插著杜月亭的劍。他望著杜月亭，輕輕咳嗽了一聲，嘴角流出一行暗紅色的血。他艱難的笑了起來，沮喪的說：「沒想到，我竟然不能戰勝我的作品。」

「我不是你的作品，我只是我自己。」杜月亭說。

莫遠山癱倒在地，臉上依然帶著笑。

杜月亭拔出莫遠山胸口的劍，斬斷端午身上的蜘蛛絲，端午可以感覺到他在發抖，看來他也傷得不輕。

端午小聲的問：「您沒事吧？」

杜月亭勉強笑了笑，說道：「快讓墨墨把我的影子換回來吧！」

端午趕緊站在杜月亭與莫遠山中間，墨墨拉住了這兩個人的影子，對杜月亭說：「明天早晨一覺醒來，你就是完完整整的杜月亭了。」

「謝謝。」

端午扶起杜月亭的手臂準備離開時，墨墨在地上張牙舞爪，說道：「這個壞蛋傷得很重，我們應該把他抓起來。我看到通緝令了，他可值不少錢呢！」端午示意自己的影子閉嘴，然後把目光轉向了杜月亭。

杜月亭說：「就算他犯了滔天大罪，畢竟是我的老師，我不會再做出九年前那樣的事了。」

端午點點頭，說：「沒錯，現在他看起來很可憐，我們還是走吧！」

沒想到，一團黑霧忽然湧過來，變成一條長蛇，纏住了端午和杜月亭，原來是辛如舜的守護靈。

端午生氣的說：「辛先生，你至少也要遵守一下規則吧！杜先生贏了耶！」

「剛剛那可都是莫遠山說的，與我無關，我不用遵守什麼公平對決的承諾吧？」辛如舜狡詐的笑了。他來到端午面前，看了看他，「放棄這樣美味的食物，實在太可惜了。」

話音剛落，他那纏繞著端午與杜月亭的長蛇又收緊些。

杜月亭召喚出青鳥，但因為他受了傷，青鳥的力量也變弱很多，根本不是辛如舜的對手。很快的，青鳥也被纏住，杜月亭趕緊收回他。

辛如舜身體裡噴出蜘蛛絲，把杜月亭綁了起來，他收回了守護靈，然後一把抓住端午，對杜月亭說：「我要你親眼看著這個孩子死在你面前，我要讓你明白，阻斷我的點心來源，我很快會找到更好的點心。你不是準備讓我放棄糖果工廠嗎？那是不可能的，你甚至救不了這個孩子。」

辛如舜變成了一隻大蜘蛛，他那八隻腳上的細毛讓端午起了一身雞皮疙瘩。他將最前面的兩隻腳按在端午的肩膀上，腦袋湊到端午面前，張開了自己的嘴巴。

對死亡的恐懼朝端午襲來，他的心裡湧起一團火，一個聲音不停對他說：「我不想死，不要死，也不會死在這兒！」

像上次在山洞裡一樣，那團鬱結在端午心中的火氣湧了出來，變成光，圍繞著端午，它的巨大力量也震開了蜘蛛精。

辛如舜活動了一下自己那兩隻受到衝擊的腳，說道：「氣味越來越濃了，越來越想把你吞進肚子裡。」說罷，他張牙舞爪的撲向端午。

驚慌之下，端午看到莫遠山掉落在地的那把劍，俯身想把它撿起來。可是，在他碰到劍之前，他的雙腳便離開了地面——蜘蛛精一把抓住了他，把他舉了起來。

突然，端午的影子墨墨從地上飄起來，死死抓住蜘蛛精的兩隻腳，將它們掰開，端午順勢摔倒在地上。

三三和七七趕緊跑過來幫助辛如舜。這時，杜月亭也掙脫了蜘蛛絲，很俐落的再次打倒這兩個女人，然後和墨墨一起進攻蜘蛛精。

趁他們打得難分難解時，端午撿起莫遠山的劍，往辛如舜撲了過去，但是，馬上就被辛如舜的守護靈打倒了。當他準備爬起來再次進攻時，兩隻淡黃色的小鳥兒飛了過來，接著是兩個黃色身影跳出來。

珠兒和佩兒來了，三團火焰和那三隻老鼠跟在她們身後。大家齊心協力，一起進攻蜘蛛精，場面一片混亂。最後，蜘蛛精受了重傷，拋下了自己的同伴莫遠山、三三和七七，狼狽的逃跑了。

珠兒和佩兒把兩個女蜘蛛精綁了起來，當她們準備用同樣的方式對待莫遠山時，杜月亭阻止了她們，他始終放不下這段師生情。

墨墨元氣大傷，在端午的腳下縮成一團。端午蹲下來，問道：「我要怎麼做，才能讓你感覺好一點呢？」

墨墨有氣無力的說：「你什麼都不用做，只要讓我待在你腳邊就好了。」

第 十 二 章

追尋者

春天快走到盡頭，天氣越來越暖了，不過古舊的桐花街依然毫無生氣。一團藍幽幽的鬼火飄在桐花街上空，差點撞上一位穿著講究的中年男人的鼻子。那火似乎被嚇了一跳，趕緊朝巷子裡飛去，他時高時低，時左時右，五次撞到院牆上，終於在熄滅前飛到「難得好時光」的店門口。那個男人也來到了這家店外。

那團火繞過屏風飛到店裡，赤影、青影和橙影正在燈座上睡覺，橙影睜開眼睛對小鬼火說：「小心點，你像你那主人一樣冒冒失失的。」小鬼火沒有理他，穿過走廊，飛到院子裡。

院子的正中間有一棵大概兩公尺高的樹，樹幹很粗，還長滿了瘤，非常醜陋。不過這棵樹上盛開著一朵白色的花，花兒很大，層層疊疊的花瓣別致又漂亮。誰能想到，這棵樹是由杜月亭送給端午的那粒種子長成的呢。

端午就站在這醜樹旁邊，他伸出手，那團小鬼火便飛到他手上，慢慢消失了。他又抬頭看了看那朵白花，哼著歌兒離開院子，來到前廳。

本來在倉庫裡工作的杜月亭，此時正和剛剛進店的那位先生談話。那位先生很拘束，臉上的表情很古怪。端午順手取下牆上的雞毛撢子，一邊撢著櫃臺上的灰塵，一邊朝杜月亭靠近，想聽聽他和客人正在談些什麼。

「端午——」杜月亭知道端午喜歡湊熱鬧，早就發現了他的小動作。

端午笑嘻嘻的說：「杜先生，您臉上有髒東西，我幫您擦擦。這位先生是誰？

我也是這店裡的員工，應該可以知道吧？」

「我是郭千重。」那位客人說。

端午瞪大了眼睛，抱著雞毛撢子，上上下下打量起郭先生來。

郭千重更加不自然的說道：「怎麼了？」

「沒怎麼，只是沒想到您會親自來！」端午叫道，「十天前我們就趕跑蜘蛛精，郭夫人也把剩下的委託費給我們啦！聽說您對異術師最反感，可是您竟然來了！我幫您掃掃身上的灰塵！」

杜月亭「噗嗤」笑了出來，說道：「端午，你還是不要用雞毛撢子表達對人的好感。」

端午把雞毛撢子放在櫃臺上，說道：「那我去把珠兒和佩兒叫過來，她們說了，如果郭先生有一天親自到我們店裡來，就幫我做三天活兒。」

「今天晚上在棲雲莊有一場相親大會，她們已經過去了。」杜月亭說。

「她們要去相親嗎？這下會場不是要讓她們破壞了。」端午說。

「她們倆是今晚的主持人。珠兒和佩兒在鎮上很受歡迎，可以吸引不少未婚男青年參加今晚的大會。」

「是瞎眼未婚男青年。」墨墨突然說道。

本來就有些害怕那三團火焰的郭千重，嚇得叫了出來，問道：「剛剛說話的是誰？」

端午說道：「是我的影子。」

「你的影子還會說話？」郭千重更驚訝了。

「如果不對我的影子尊重一點，他還會跳起來打您呢！」

看到郭千重一臉的害怕，杜月亭說道：「端午，你還是到後面練習控制鬼火，或是到畫裡找你的蛇妖朋友吧！不要打擾我和郭先生談話。對了，你得去畫裡看看那些兔子、藍翎和蜘蛛，八爺爺快回家了。」

「好的。」

端午幾乎每天都會到祁飛雪家裡，因為她最近迷上了烹飪，總會煮一大堆食物，可是她和兔子先生的胃口都很小，只好由舊貨行的員工幫她消滅成果。

端午一次也沒去過胡八爺爺的祕密基地，受辛如舜影響，他非常害怕蜘蛛。不過，如果不克服對蜘蛛的恐懼，今後再與蜘蛛精相遇該怎麼應付呢？這次，他決定去祕密基地看看。

奇怪，端午可以輕鬆穿過迷霧，卻不能順利找到胡八爺爺的基地。他一路小跑步跟著一隻藍翎，才順利來到那間茅草屋。幾隻碩大無比的蜘蛛從屋子裡湧出來，見到來的人是端午，在院子裡站成兩排，讓路給他。端午深吸了一口氣，鼓起勇氣走進屋子裡，那些蜘蛛則四散離開，覓食去了。

端午趴在窗臺看著那些漸行漸遠的蜘蛛，想到了十天前的遭遇，覺得一切都像夢一樣。最近他總會作一些奇怪的夢，夢中的人似曾相識，但怎麼也想不起究竟是什麼人。可能是自己失憶前認識的人吧！在舊貨行的生活很快樂，但他還是想知道過去的一切，不管是什麼樣的記憶，都是屬於他的。

這時，端午聽到隔壁房間傳來細微的響聲，「咕嚕」、「咕嚕」，「咕嚕」、「咕嚕」，像在煮著什麼東西。端午躡手躡腳走進去，看到房間裡的桌子上有一個燒著火的小爐子，爐子上的藥罐裡冒出煙來，聲響就從那兒發出來。

端午來到桌旁，看到藥罐裡有一團正沸騰著的、黑乎乎的東西，還發出淡淡的氣味，有些讓人反胃。奇怪，究竟是誰在這屋子裡煮東西呢？這種可疑的黑暗物質，一定是致人於死地的毒藥吧？現在最要緊的就是得把這噁心的東西倒掉。

端午用抹布裹住藥罐的把手，小心翼翼的把它端起來，來到院子。

正當端午準備把罐內的東西倒掉時，他的身後突然傳來了一個尖銳的聲音：

「停——」

端午嚇得鬆開了手，藥罐掉在地上，滾了幾圈，那些黑乎乎的不明液體滲進了土壤中。端午回過頭去，看到了店裡的那三隻老鼠。這幾個傢伙，最近幾天老是神出鬼沒，連吃飯時間也看不到他們的影子。

他們來到藥罐前面，丁當大叫道：「天啊！我的寶貝呀！」

三隻老鼠一起撲向藥罐，把圓滾滾的身體貼了上去。丁丁痛苦的叫道：「我們唯一的希望就這樣沒了！天啊！」

三隻老鼠痛苦的在地上打滾，一身都是泥。

端午蹲下來對他們說：「不要哭了，這到底是什麼呀？」

「強盜！凶手！惡魔！」當當擲地有聲的說。

「八爺爺要回家了，我只是想把黑暗物質從他的基地裡清除！快告訴我這是什麼，如果真的是你們的寶貝、你們唯一的希望，我會盡全力彌補你們。」端午說。

三隻老鼠開始交頭接耳，似乎商量著什麼事情。端午想要湊過去聽個清楚，他們察覺到端午的舉動，一起轉過頭來瞪著他。端午自覺理虧，說道：「好吧！你們慢慢談，我不打擾你們。」

過了一會兒，三隻老鼠散開，丁當指著藥罐中殘留的液體，說：「時間其實差不多了，這些藥多少會有點作用吧？」

「沒錯，我們的心血可不能完全浪費了，大家一人一口吧！」丁丁說。

三隻小老鼠把藥罐裡的液體舔得乾乾淨淨，看得端午差點吐了出來。他死死盯著三隻老鼠，擔心他們中毒身亡。

剛開始他們一切正常，當當甚至打了個飽嗝。不到一會兒，他們的臉皺成了一團，尾巴捲了起來，開始在地上打滾。

「好渴！」丁當說。

「我要喝水！」丁丁叫道。

「再不喝水我就要死啦！」當當快要哭出來。

端午趕緊衝進廚房給他們倒水。等他手忙腳亂的端著水出來時，看到三隻老鼠的身體竟然像氣球一樣膨脹起來。

端午跑上前，拍打著丁當那越來越圓的肚子，擔憂的問：「你們怎麼啦？會不會脹破肚皮呀？」

「這是正常反應，你快走開，小鬼！」丁當很不客氣的說。

端午從來沒聽過三隻老鼠這樣對他說話，他一生氣，把水杯放在腳邊，抱著膝蓋，說：「我才不走開呢！我要看著你們三個越脹越大，最後『砰』的一聲爆炸！」

五分鐘後，三隻老鼠變得和端午一樣大，還開始胡言亂語起來。他們的眼珠也變紅了，看著端午像是望著陌生人。

端午覺得一切越來越不對勁，準備離開，把事情告訴杜月亭。他剛抬起左腳，丁丁就說道：「他看起來很好吃！」端午看了看三隻老鼠，大叫一聲，飛快的朝著回書房的路跑去。三隻老鼠也追了過來，他們每前進一步，地面都會跟著震動。

端午全身的汗毛都豎了起來，恨不得背上有烏龜殼，這樣就不用擔心後背遭到襲擊了。

沒過多久，「啪啦」一聲，端午覺得後背火辣辣的，是當當抓破了他的衣服和皮膚。端午已經沒力氣，卻又不敢停下來，兩條腿機械性的跑著，都不像是他身體的一部分了；涼風從他背後破掉的衣服灌進來，他的心也變得冷嗖嗖的。終於，他看見自己的房間，知道馬上就能安全，剩下的事情都可以交給杜先生處理了。

沒想到，這時胡八爺爺正跨進畫裡！端午來不及停下來，眼看就要撞上胡八爺爺了。他靈機一動，縱身一躍，從胡八爺爺頭頂跳進書房裡，重重的坐在地上，屁股都快開花了。

「端午，三顆氣球跟著你呢！」胡八爺爺輕快的說。

端午轉過頭，看到胡八爺爺伸出瘦長的左臂，一團白光飛出來，變成了一隻灰色狐狸，擋在他和三隻老鼠之間。狐狸輕盈的跳起來，一一踩過三隻老鼠的額頭後穩健落地。三隻老鼠立刻像犯了錯的孩子，痛苦的抱著頭，灰溜溜逃跑了。那隻狐狸追了過去，很快的，他們都從畫裡消失，只剩下胡八爺爺的背影。

端午跳進畫裡，差點撞上胡八爺爺的屁股，他興奮的說：「真厲害！」

胡八爺爺回過頭，說：「好久不見，可是你絲毫沒有進步啊！」

「我學會了使用鬼火。」

「我生下來就會使用鬼火。」

「可是老闆說，我是他見過最快學會使用鬼火的人。」端午說這話時有點心虛，他覺得杜月亭可能只是安慰自己，不禁有些沮喪。

胡八爺爺哈哈大笑起來，摸摸端午的頭，說：「小杜說的當然是實話，很多小鬼花了大半年也召喚不出鬼火來，你確實很有天賦。但是你不夠聰明，輕易就被我騙了。」

這時，樹林裡傳來三隻老鼠的慘叫聲，幾隻鳥兒驚得飛了出來。過了一會兒，那隻漂亮的狐狸跑出來，跳進胡八爺爺的身體裡。胡八爺爺對端午說：「那三個傢伙被打暈了，現在我們去審問他們。」

那三隻巨大的老鼠躺在樹林裡的一堆落葉上，不停的發出痛苦的呻吟聲。他們的眼睛依然發紅，端午叫他們時也沒什麼反應。

端午把他們喝藥的事告訴胡八爺爺，胡八爺爺說：「不知道又是從哪兒弄來的偏方！端午，叫小杜進來，我們得把他們抬出去。」

半個小時後，三隻老鼠被抬回了舊貨行，暫時安置在書房裡。杜月亭說，等他們身體裡的氣消了，應該就能恢復意識。胡八爺爺剛才召喚出守護靈有些累了，坐在走廊旁邊的臺階上曬太陽，端午就坐在他身旁。胡八爺爺告訴端午，三隻小老鼠又在試藥了。

「試什麼藥？」端午問。

「他們個子小，力量也不大，總是希望有一天能夠擁有強大的力量，至少能打敗逐一。不過他們喜歡偷懶，從來不好好練習，寧願相信那些可以一蹴而就的偏方。大概一年前，他們在妖怪酒館裡吃了奇怪的藥，打傷了不少妖怪。這次的偏方可能又是從那間酒館裡得來的吧！他們老愛泡在那兒。」

端午想到上次在酒館遇見三隻老鼠的事，看來，那時他們袋子裡裝著的應該就是藥材吧！為什麼他們會嚮往不勞而獲的成功呢？學習新本領的過程多麼有趣啊！

今天，胡八爺爺親自下廚，大家總算吃上美味的午餐啦！午餐後，杜月亭正準備出門，胡八爺爺叫住他，說道：「先別走，我把打聽到的情況告訴你，不然我可能會忘得乾乾淨淨。」

杜月亭來到櫃臺前坐下，胡八爺爺喝了口茶，表情變得嚴肅起來。過了一會兒，他笑了，說道：「等我想想開場白。」

這時，一個矮個子男人有些慌張的衝進店裡，他滿臉通紅，喘著大氣。杜月亭趕緊讓他坐下，繞到櫃臺後給他倒了一杯茶。

男子喝了一大口茶後，杜月亭問：「先生怎麼稱呼？有什麼我可以幫忙的？」

「我叫程七。昨天，發生了一件奇怪的事——我父親和哥哥到森林裡打獵，到現在還沒回來，我一個人也不敢去森林裡找他們，就到這兒來找您想辦法了。」程七有些不好意思的說。

端午剛好走出來，聽了程七的話，插嘴道：「宋鎮長不是頒布命令，不准大家擅自去森林裡嗎？你們也太不聽話了吧？」

「端午——」杜月亭拖長了聲音說道，這是他責備端午常用的方式。端午吐了吐舌頭，玩起櫃臺上的筆來。

杜月亭說道：「程七先生，十天前鎮長就已經頒布禁令，最近蜘蛛精活動頻繁，很不安全，最好不要靠近森林，你父親和哥哥也不是第一批失蹤的人，你們的行為確實有欠考慮。」

「沒辦法啊！我們是獵人，如果不去森林打獵，我們該怎麼生存呢？蜘蛛精以前好像也沒有隨意攻擊過人，我們也就沒太在意禁令。」

「今天下午，我本來也準備和鎮長商量最近的人口失蹤案，程先生，你最好向鎮長報告你家的事。」

程七向杜月亭道謝後就離開了舊貨行。雖然胡八爺爺對近來發生的事有了大致了解，還是開口問道：「真的是辛如舜幹的？」

「也可能有莫遠山的一份功勞吧！」杜月亭苦笑道。

從辛如舜逃走的第二天開始，就不斷有人在森林裡失蹤，大家都認為他們誤入妖怪森林；杜月亭也收到過一些尋找失蹤者的委託，可是沒有任何線索。宋鎮長認為，蜘蛛精為了恢復體力，需要人類的血，才會把人類抓走，所以他頒布禁令，不讓大家進森林，同時也派人不斷尋找。總之，不想辦法讓蜘蛛精徹底安分下來，牧陶鎮難以再次得到以往的安寧。

「八爺爺，您的開場白想好了嗎？」杜月亭問。

胡八爺爺笑著說：「開場白就是——我們周圍暗潮洶湧，有什麼不得了的事正在發生。我十七弟雖然是被趙無痕擄走的，現在卻心甘情願留了下來。因為趙無痕可以提供資金，讓他進行所謂的有趣的研究。他對科學入了迷，任何與科學研究有關的事情都會奪走他的魂，甚至讓他道德淪喪。

趙無痕不懷好意，不過是想利用十七，讓他進行的研究也可能脫離道德。可是，十七一句話也聽不進去，還說反正人與人之間的關係就是相互利用，我們異術師也是靠這樣的關係維持生存。他的想法總是很偏激，我勸過很多次都沒用。

在那兒待了一天，看到他全心全意投入研究裡，我突然覺得他這樣活著挺好。他一直在追尋心中的夢想，我怎麼能夠阻礙他呢？所以我就離開了，那隻小鳥兒當然留在十七身邊。臨走前，我無意中向十七提起沈原一家，他告訴我，沈原之前找過他，那隻七星蝶就是他賣給沈原的。十七是個偉大的科學家兼合格的奸商。

七星蝶現在很少見，沈家人又急著用，他就狠狠敲了這家人一筆。現在，沈家人還欠他不少錢。

十七對什麼事情都想追根究柢，透過七星蝶、和沈家人的談話，還有他那些浩如煙海的資料，他很快就知道沈家人的目標——他們在尋找露桔薇。」

「露桔薇是什麼？花嗎？」端午問。他發現胡八爺爺和杜月亭一臉嚴肅。

「據說露桔薇很漂亮，也很可怕。」杜月亭說，「它會吸走人的意識，讓人昏睡過去，陷入永生的幻覺裡。不過，八爺爺，露桔薇應該是傳說中的植物呀！我們異術師不是早就把它完全消滅了嗎？」

「誰又能說得清楚呢！」胡八爺爺攤開雙手，「露桔薇的根深深潛伏在地底，它們是動物、植物與精靈的合體，可以在地底自由移動，誰都不能確定它們完全消失了。你想想，『白月光』中的沈氏一家都是追蹤高手，也只有追蹤露桔薇這樣的大任務，才值得他們出手。而且——」

「周遠空也來了，說不定他也在尋找露桔薇。」杜月亭說，「聯合會向來不相信單一的異術師協會，這樣重要的任務，那些高層一定會同時找『白月光』與『蜉蝣之羽』。怪不得周遠空與和沈家人都神神祕祕的。沈家人早就離開了，周遠空應該還徘徊在牧陶鎮。如果那個大話王追蹤的是露桔薇，如果他的追蹤是正確的，那不就意味著露桔薇扎根在我們鎮上了？」

「所以說，我們周圍暗潮洶湧。」胡八爺爺喝了一口茶，「不過，所有的一切都建立在十七的推測上，我們現在先不用杞人憂天。」

杜月亭笑著說：「沒錯。但保險起見，我還是找周遠空打聽一下，不能讓牧陶鎮有任何危險。而且，我也擔心最近的人口失蹤案，不單純是因為辛如舜。」

杜月亭讓青鳥尋找周遠空，他則駕著馬車去鎮長府邸。

端午向胡八爺爺問起露桔薇的詳細情況。露桔薇跟燈泡草一樣害怕光，平常總是躲在深深的地底，像冬眠的動物一樣沉睡著。不過，它們卻會定期汲取養分成長。它們會長出縱橫交錯的根，在地底蔓延，人類只要接觸到地面，就會漸漸被它們吸走生命能量。然後，所有根的中心會慢慢長出一株巨大的藤蔓，藤蔓會開花、結果，果實成熟後會被捲進地底，供應接下來好幾十年的營養，露桔薇也會再次沉睡。

「十七說，露桔薇一般在五到六月甦醒，如果這一切都是真的，它應該已經醒過來了。但願這只是十七的猜測。」胡八爺爺歎了口氣說。

院子裡傳來三隻老鼠的吵鬧聲，很快的，他們來到前廳，看起來已經完全恢復正常了。他們已經不記得上午發生的事，端午把一切加油添醋講了一遍，最後還說：「那種古怪的藥會讓你們力量變強？你們把一切想得太簡單了。幸好當時你們在畫裡，不然我們的店就完了。」

「不好、不好，端午和老闆在一起待太久，變得喜歡說教了。」丁當笑著說。

三隻老鼠不知悔改，對自己的破壞力非常得意。胡八爺爺問他們藥裡都有些什麼藥材，他們老老實實交待了。當他們說到「藍翎血」時，胡八爺爺皺起眉頭，叫道：「你們不會是跑到我的基地裡把藍翎給殺死了吧？」

「當然沒有！」丁當擺著尾巴後退兩步，差點掉下櫃臺，丁丁和當當也躲在一本書後面。「我們和他進行了友好協商，他同意為我們的偉大實驗貢獻幾滴血，事後我們還幫他包紮好了。」

胡八爺爺用力拍著桌子，站了起來，一把拎起三隻老鼠的尾巴，把他們扔到店門外，然後衝進走廊，一腳踢開端午房間的門，去畫裡查看自己的那些寶貝。

過了一會兒，三隻老鼠一瘸一拐的回到店裡。得知胡八爺爺到畫裡去了，他們才敢大肆咒罵一頓。最後，丁當對端午說：「今天的實驗完全失敗。端午，謝謝你把藥灑了，才沒造成太大的危害。」

「你們總算說了一句正常的話。」端午笑著說。「但我隨便動你們的東西也不對。」

「我覺得應該是藍翎血出了問題，那隻藍翎生活在畫裡，是虛幻的東西。我們吸取教訓了。」丁丁說。

「對，下次我們要在現實世界裡找一隻藍翎。」當當說。

端午順手拿起櫃臺上的書，敲打三隻老鼠的頭，說道：「你們應該吸取的教訓是，不要再癡心妄想了。」

第 十 三 章

露桔薇

平靜的牧陶鎮最近開始怪事連連，鎮上的人像吃了鴉片，整天昏昏沉沉的，一個接一個打著呵欠，即使睡眠時間有六到九小時，還是覺得不夠，只要沒有重要的事，大家絕對不會起床。五彩斑斕的生活、夢想，完全被無休止的睡眠擋在門外，「世界上最美好的事情就是睡覺了」幾乎是每個人的心聲。不僅是人，花啊，草啊，樹啊，也都變得死氣沉沉。

前幾天失蹤的人，在妖怪森林入口處的山谷裡找到了，他們還活著，卻陷入了昏睡中。宋鎮長率領政府工作人員把他們運回牧陶鎮，然後，他來到了「難得好時光」。

「你的懷疑有道理，露桔薇可能真的在我們牧陶鎮扎根了。」宋鎮長進店後對杜月亭說，接著，他打了一個大大的呵欠。

舊貨行的人正在吃午餐，珠兒放下茶杯，抱怨著：「真煩！我和佩兒選擇到牧陶鎮，一是因為杜月亭先生的名聲，二是看這兒長年平靜，沒有什麼危險的事情發生。現在好了，露桔薇這種破壞力大得要死的植物，竟然也跑到這兒扎根了。」

「不是『可能』。我寫信給協會祕書長辦公室，得到了露桔薇確實出現的回應。」杜月亭說，「協會很快就會派人來牧陶鎮幫忙。露桔薇甦醒了，我想，它很快就會大規模的吸取能量，到時候，我們說不定都得永遠沉入睡夢裡。宋先生，您是鎮長，現在，您必須組織鎮上的人保護自己，最好讓大家遠離地面，搬到樓上或是樹上居住，這樣才能切斷與露桔薇的聯繫，也會比較安全。」

宋鎮長點了點頭，說道：「我馬上行動，月亭，你要趕快找到露桔薇。我聽說周遠空也沒找到它，這個世界上竟然會有你們倆找不到的東西存在！」

杜月亭「噗嗤」笑了出來，說道：「宋先生，您挖苦人的本領真是與日俱增啊！沒錯，我們倆都沒找到，而且現在還在比賽，看誰先發現露桔薇，我們都會拚盡全力的。」

宋鎮長點了點頭，說道：「我相信你們。事不宜遲，我先走了，你們快把活動場所轉移到樓上吧！」

宋鎮長的背影消失在屏風後，端午覺得他比之前更有活力了。

端午聽胡八爺爺說過，異術師擁有超越常人的能力，同時，他們的血液都不安分，只有透過不斷的戰鬥與挑戰，才會滿足。

「我自己不也是這樣嗎？」端午想。自從得知露桔薇在牧陶鎮甦醒，他就感到莫名的興奮。

宋鎮長的行動能力超強，第二天，牧陶鎮的人，幾乎都把自己大部分的時間花在「移居」上。露桔薇的根不能穿過水面，江上大大小小的船裡也住滿了人。

這一切都顯得太奇怪，脫離了平常的生活軌道，不少人有怨言，宋鎮長把露桔薇的事詳細告訴大家，讓大家明白——為了活下去，一切都是必要的。而且，一切都是暫時的，因為異術師可以把平靜帶回給大家。

有些人不太相信，認為憑自己的力量可以對抗露桔薇，就拿著工具在自家院子裡挖掘，想挖出露桔薇的根。不過，在大家找到那些根之前，它們早已縮回地底，大家的搜尋都以失敗告終。

舊貨行裡的人現在也都住在二樓，生意也沒法做了。除了端午，大家都全心尋找露桔薇。不過，他們的尋找並不順利，才過三天，每個人看起來都像老了十歲，打呵欠的頻率也提高了。

雖然大家盡量減少接觸地面的機會，但人的一切與腳下的土地息息相關，想要徹底離開地面是不可能的。鎮上的人每天總會有幾個小時必須在地面度過，所以慢慢的損耗了不少生命力，吃得再營養也補不回來。

第三天晚餐時，胡八爺爺打著呵欠，感嘆道：「我感覺我們正一步步靠近死亡。」大家甚至都沒精力反駁他了。

第四天，端午去了祁飛雪家，祁飛雪不在，他只好又回到舊貨行。準備上樓時，他看到一個影子從走廊閃過，鑽進門上寫著「羽」字的倉庫裡。

這些天，大家經常看到有幽靈在走廊間穿梭，還在門上寫著「羽」字的倉庫鑽進鑽出。大家都明白，那一定是藏在鏡子裡的「幽靈」。只是，現在所有人的注意力都集中在露桔薇上，對幽靈也不是特別在意。

反正也沒有其他的事，端午來到倉庫裡的鏡子前，說道：「我知道是你偷走了我的影子，現在我已經有新的影子，不急著讓你把影子還給我。我只希望你能出現，至少讓我知道，奪走我影子的傢伙到底長什麼樣。」

那面鏡子沒有反應，端午接著說：「你不用害怕，我只是想和你說說話，現在店裡一個人也沒有，太孤單了。」

過了一會兒，鏡子開始反射微微的光芒，像水面一樣盪開，又慢慢平靜下來，一個十三、四歲的清秀男孩出現在鏡子裡。

端午問：「就是你嗎？」

「是我。」

「我的影子呢？」

「被我吸進身體裡了。」

「我叫謝端午，你叫什麼名字？」

「高碧空。」

端午想到那天的情景，又問：「那天我在鏡子裡見到的那個女人，也是你化成的嗎？」

「沒錯。」鏡子裡的人點點頭，「我可以看到別人瞳孔裡殘留的影像。我在你的眼睛裡看到了那個女人，就化成了她的樣子。」

「那個人是我媽媽嗎？」端午屏住了呼吸。

高碧空搖搖頭，說：「我不知道，那只是你眼睛裡殘留的影像。如果你不知道那人是誰，我怎麼會知道呢？不要說廢話了，難道你沒感覺到周圍的異常嗎？」

端午早就感覺有什麼東西正在靠近，但是他急著知道關於那個女人的事情，並沒有特別在意。經高碧空一提醒，他馬上離開倉庫，往自己房間跑去。對他來說，最安全的地方就是那幅畫裡。

剛剛跨進畫中，端午就感覺背後一陣發涼。他回過頭一看，一條藤蔓似的根像蟒蛇一樣朝他撲過來。他伸出手放出鬼火，燙傷了那條藤蔓，趁這個時候，他飛快朝森林裡跑去，準備穿過迷霧向祁飛雪求助。不過，那藤蔓追過來纏住了他。端午大聲呼救，可是在這個虛幻的世界裡，又有誰能聽得到呢？

藤蔓很快就繞住了端午的脖子，他呼吸越來越困難，天空似乎在他眼前打轉。就在意識越來越模糊時，端午在心裡叫道：「如果你一直守護著我，現在也請救救我吧！」

不過，這次他感覺不到那團火一樣的力量在胸口鬱結，他只能盡力對抗藤蔓，然後等待。雖然雙手都被藤蔓割傷了，他卻絲毫感覺不到疼痛。過了一會兒，周圍的一切突然變得柔和，藤蔓也鬆開了，清新的空氣湧進端午的喉嚨，他再一次被金黃色的光包圍，慢慢落向地面。

這時，藤蔓又躥了過來，可是它突然僵在半空中。端午抬起頭，發現藤蔓被冰凍住了。

沈家人回來了嗎？

端午勉強站起來，看到沈原、沈夫人、沈婆婆和沈雙燈正朝自己走來。沈原拔劍砍斷了藤蔓，沈雙燈撿起藤蔓揮舞著，對端午說：「沒想到畫裡竟然有這樣的世界！」她放下藤蔓，使勁拍了拍端午的肩膀，「沒想到你還是這麼不堪一擊。」

沈婆婆俯身查看藤蔓，表情比任何時候都要嚴肅的說道：「不知道一切來不來得及。小鍋蓋，你家的大人上哪兒去了？他們找到露桔薇了嗎？」

「沒有。你們也在找那露桔薇吧？找到了嗎？你們怎麼突然離開了牧陶鎮？」端午問。

「是七星蝶出了問題。我們走了冤枉路，可惡！今天晚上在你們店裡會合，小鬼，讓杜月亭通知宋之夜一起過來。」

沈原、沈夫人和沈婆婆離開了畫裡，沈雙燈留了下來。她說自己的任務是保護膽小又笨拙的端午。端午死也不信，沈雙燈又說：「我老爸說，這個世界上有很多畫中的虛幻世界，它們是相通的。在消滅露桔薇之前，我們得透過這幅畫，把牧陶鎮的人轉移到安全的地方。你知道怎麼去其他的畫中世界嗎？」

「我知道一個地方。我有一個朋友在那兒，不過她是蛇妖，不喜歡搭理異術師的事情，不知道會不會幫我們。」端午說，「昨天我去她家時，把一切都告訴她了，她好像不怎麼感興趣。」

「我們還是得找她商量，牧陶鎮實在太危險了。」沈雙燈說。

端午帶著雙燈穿過迷霧，來到祁飛雪的書房。她已經回來了，像往常一樣，正在陽臺悠閒的喝著下午茶。她對雙燈很感興趣，雙燈也很喜歡她。當雙燈把她和端午的目的告訴祁飛雪時，她挑著眉毛，說：「你們自己應付不了露桔薇，就想把麻煩轉移到我這兒？」

「這是我們的退路。露桔薇已經傷害很多人了，這兩天再找不到它，就必須考慮轉移牧陶鎮的居民。真可惡，不知是誰在牧陶鎮各處撒上米露花粉，擾亂了七星蝶的追蹤，不然我們早就找到露桔薇，事情也不會發展到這一步。」

「這麼說來，有人破壞你們的行動，幫助露桔薇生長？」

「沒錯，那些米露花粉不像是無意中出現的，這正是我父親擔心的地方。我們的敵人不只露桔薇，所以他一定要和杜老闆商量。」

「雖然我很不喜歡人類到家裡來，如果是你們倆的請求，我倒是可以考慮，畢竟這是人命關天的事。」祁飛雪頓了頓，「不過，我也不是個小妖怪，做事有自己的原則。杜月亭和沈原好像是鼎鼎有名的異術師，他們親自來求我的話，我就答應你們。而且最近挺無聊的，我還可以幫你們尋找露桔薇。」

「如果有您幫忙，我們就如虎添翼了。」沈雙燈說。

「我還會讓花間月幫忙，他也閒得快得憂鬱症了。」祁飛雪說。

端午和雙燈準備離開時，祁飛雪一定要讓他們留下來喝茶、吃餅乾。後來，兔子先生也來了，他抱著厚厚的筆記本對祁飛雪說：「能調查的我都調查了。」

祁飛雪慵懶的靠在椅子上，說：「說說吧！老朋友。」

兔子先生跳到桌子上，說：「昨天端午來過之後，我去拜訪一位住在深山裡的朋友，向他詢問露桔薇的事。據這位博學的朋友說，這種古怪的植物上一次出現是兩百年前，當時是露桔薇的一次大爆發期，很多地方同時發現這種能夠吸走人生命能量的奇怪植物。我們大蛇國和鄰國所有最了不起的異術師和妖怪們聯手，才把那些露桔薇的根徹底清除。現在看來，只是他們「以為」徹底清除了。

露桔薇為了延續生命，尋找適合生長的沃土，會在地底不斷移動。也許出現在牧陶鎮上的這株露桔薇，雖然逃過了兩百年前的清理行動，可是也瀕臨死亡，所以這兩百年來，露桔薇沒有再次出現。現在，透過兩百年的休養，它才再次恢復了生命力，甦醒過來。

當生命力爆發時，無論再艱難，大家都會努力想辦法活下去，露桔薇是這樣，你們現在的反抗也是這樣。畢竟是兩百年前的事情了，關於露桔薇，我朋友了解的情況也不多。他告訴我，露桔薇的果實是長生不老藥的原料，當年也有不少異術師幫助露桔薇生長，那簡直是一場可笑的大混亂。據說，露桔薇害怕一種草，但我朋友忘記那種草叫什麼名字了。」

「真可惜。不然我們就知道該怎麼防備了。」端午說。

「兩百年過去了，說不定那種草也已經滅亡了。」沈雙燈補充道。

「才兩百年而已，沒有這麼誇張吧？」端午說。

沈雙燈搖搖頭，煞有介事的說：「你想想，兩百年後，兩個我，不，可能三個我都已經死了，完全從世界上消失了，那種草為什麼就不能滅亡？」

「有道理，兩百年是你們人類好幾次的生命長度。短暫的生命是什麼樣的感受呢？」祁飛雪說。

「很忙，有很多事要做，感覺時間不夠用，但有時也會慢下來思考或者無所事事。」沈雙燈說，「感覺自己被束縛著，很沉重、很充實。」

「聽起來還不錯。」祁飛雪笑著說。

離開祁飛雪家回到畫裡，沈雙燈對端午說：「她真有個性，我真喜歡她。如果我早點認識她，一定不會去學校忍受那些老師。跟著祁飛雪絕對能學到更多東西。你真幸運，你身邊的人善良又有趣，這兩種一般很難共存。」

端午也很喜歡雙燈，和她聊天輕鬆又愉快。而且，雙燈出身異術師家庭，可以從她的話裡了解到很多異術師的奇聞異事。

在端午面前，雙燈有很強的優越感，唯一讓她不滿的是，她竟然不能穿過畫中迷霧。回程時，她故意甩開端午的手鑽進迷霧裡，很快就迷失了方向。端午花了不少時間才找到她。

「看來這霧並不想接納我。端午，多花點時間探索這幅畫，你應該能找到更多的畫中世界。」沈雙燈說。

他們回到店裡，舊貨行員工和沈家人已經在二樓書房集合。端午很快就明白，原來大家都認為莫遠山到牧陶鎮的目的，不僅是找杜月亭復仇，還要等待露桔薇開花、結果。莫遠山和蜘蛛精聯手，是為了得到傳說中可以配製長生不老藥的露桔薇種子。

「我想不明白的是，他怎麼會知道露桔薇的動向？沈先生，如果您不介意，我想問問，您怎麼會知道露桔薇的事？」杜月亭問。

「協會祕書長告訴我，這是聯合會委託下來的任務。聯合會接見了遊歷四方的異術師李深，他和他的祖先們一直以來都研究、追蹤著露桔薇，從來都不相信露桔薇已經滅絕了。他把露桔薇甦醒之事告訴聯合會，聯合會也不確定這是不是事實，但也不能忽視這種可能性，所以便委託我們協會尋找露桔薇。我們本來和李深一起出門尋找，不過中途他失蹤了。現在想想，他可能被莫遠山帶走了，所以莫遠山才會知道露桔薇的行蹤。」

「米露花粉一定也是那個莫遠山搞的鬼。」沈雙燈忿忿的說。沈家人都點點頭。

「周遠空也在尋找露桔薇，聯合會那些傢伙從來不相信任何人。」胡八爺爺說，「小周也真是的，都這個時候了，還是不肯和我們聯手。」

「有我們幾個就夠了。」沈婆婆一臉平靜，目光轉向雙燈和端午，「你們倆的任務完成得怎麼樣？」

「找到蛇妖姊姊祁飛雪的家，在天長鎮，她真漂亮。她說要老爸和杜老闆親自去請求她，她才肯幫忙，對了，她還說會幫我們尋找露桔薇。」

「白色波浪祁飛雪，我聽說過她。」沈原說，「和她齊名的是黑色閃電花間月。」

「原來都是很了不起的角色啊！真是看不出來。」端午說道。

「對了，那位兔子先生說，露桔薇害怕一種什麼草，但他不知道草的名字。如果找到那種草，大家就不用東躲西藏了。」沈雙燈又說。

「我已經讓守護靈送信給我十七弟，相信他能給我們好的建議。現在最重要的事就是找到露桔薇，以及保證鎮上居民的安全，小杜、沈原，你們最好趕快去祁飛雪家。」胡八爺爺作為這場會議中最年長的人，做出了總結性的發言。

沈原與杜月亭同時點了點頭，起身準備進去畫裡，端午跟著他們，替倆人帶路。離開書房之前，杜月亭突然轉過頭對大家說：「希望我們回來時，大家都還記得自己是誰。」

大家都很平靜的點點頭，把對未來的擔憂深藏在心底。沈婆婆說：「我這輩子都不可能把自己給忘了。」

真的不可能嗎？一路上端午不停的想。他已經失去過一次記憶，說不定失憶之前，他也很自信的認為，不會忘記自己是誰呢！不過，忘了就是忘了，無法阻止。

第十四章

最後的戰爭

畫中陽光燦爛，永恆的陽光。花間月看著畫裡蠕動的幾個小黑點，對一旁看書的祁飛雪說：「你真的要幫那些根本不認識的異術師？」

「我認識端午和雙燈，這就夠了。我不關心其他人，但我希望這兩個孩子安全。」祁飛雪合上書，目光柔和。「我早就想看看露桔薇啦！很危險卻很美麗。而且，在這懸崖小屋待太久，是時候重新融入世界了。」

畫裡的三個小黑點，也就是杜月亭、沈原和端午慢慢靠近，最後來到書房裡。書桌上當然有一大盤餅乾，長年過著貧窮生活的沈原，一直不停把餅乾塞進嘴裡，這讓祁飛雪的虛榮心得到很大的滿足。

杜月亭說出此行目的後，祁飛雪馬上答應了，不過她強調，只有確定她和花間月都找不到露桔薇，才會接受牧陶鎮的人穿過畫中世界到她家裡。

「像所有生命一樣，我熱愛這個世界，不過和所有妖一樣，我不喜歡人類，相信你們也不喜歡我們。」她直言不諱的說。

出發去牧陶鎮時，兔子先生也想去，祁飛雪命令他留守，說道：「藍色森林的慕印天先生明天會來，如果到時我沒回來，你負責招待他，懂嗎？」

「藍色森林在哪兒？」端午好奇的問。

「也是畫中世界，在另外一邊的迷霧那兒，端午，你一定也能找到那片森林，不要浪費迷霧對你的接納。」祁飛雪頓了頓，「當然，等一切平息之後。」

「有我們加入，相信三天內問題就解決了。」花間月信心十足的說。端午發現，自己竟然完全相信他的話。

祁飛雪總是不會隱藏自己的心思，來到舊貨行之後，她就說：「這兒也太舊、太破了，比你們回收的舊物還要古老吧？」

端午說：「今天下午我被露桔薇的根追趕，是根造成這樣的後果。」

「其實就算沒被破壞，我們這兒也很舊。」杜月亭笑著說。

祁飛雪也笑了，說道：「你很坦率，恭喜你成為『我不討厭的人類』中的一員。我聽兔子先生說，就算是露桔薇的藤蔓長出地表，開花、結果，這段時間它們的根還是很討厭光。端午，看來露桔薇和妖怪一樣，把你當成美味的食物。」

會議持續，不過沒多久，露桔薇的根從地底下冒出來，打斷了會議，它的目標是端午。這次它可慘了，不但被所有人攻擊，部分還被三團小火焰吞進了肚子裡。最後，大家一致決定，為了不驚動那些遊走在地下的根，端午沒事最好乖乖待在畫裡。

「我也想參與你們的行動。」端午說。

「你跟我們在一起，我們就會成為露桔薇的攻擊目標，什麼事情也做不了。」杜月亭說。

「你們就是嫌我扯後腿了！」

「這是事實。」沈雙燈說。

「珠兒、佩兒，還有雙燈，你們幾個孩子最好也留下來。現在我們面臨的是真正的危險，你們太年輕了。」沈原說。

「憑什麼要聽你的安排？」珠兒不服氣的叫道。

「別看不起我們！」佩兒說。

「至少應該讓我去。老爹，我已經和你們一起追逐露桔薇好幾個星期了，現在我不去，不就見證不了最關鍵的時刻了嗎？」沈雙燈也說。

這個時候，沈婆婆還是一如既往的不考慮任何人的感受，得意的說道：「沒辦法，總要有人留在英雄背後充當綠葉。」

「媽，您就不要火上澆油了。」沈原無奈的看著三個孩子，「我不是看不起你們還年輕，只不過，總有人得在我們遇到危險後繼續我們的工作。」

幾個孩子聽了，只好留下來。他們對這樣的安排非常不滿，一起詛咒這些大人千千萬萬遍，希望他們不得好死，才覺得解氣。但是，他們又在心裡向龍神大人祈求了千萬遍，希望他們可以平安回來。

天黑了，牧陶鎮一片寧靜，人們的恐懼無限蔓延。今晚，又會有人被拖進永恆的夢的世界。明天，變得比任何時候都要珍貴。

珠兒和佩兒理所當然的成為大家的首領，她們壯著膽子到樓下廚房為大家準備吃的。兩人遲遲沒有上來，端午和雙燈很擔心，大聲呼喚她們的名字，聽到她們的回答，才鬆了一口氣。

在珠兒和佩兒上樓前，屋頂上傳來窸窸窣窣的聲響，雙燈拔出劍擋在端午面前時，看到一隻貓跳上窗臺。

那是貓妖逐一，他跳進屋裡後變成人形，對端午說：「杜先生呢？」

「他們去尋找露桔薇了，你到這兒來幹什麼？最近這幾天都沒看到你。」端午說。

「我一直留在鎮長身邊幫忙，到這兒來是想傳達鎮長的指示。」逐一盤腿坐了下來。「這兩天，鎮長發現一個有趣的事情——並不是所有鎮上的人都會因為露桔薇而昏昏欲睡，住在糖果工廠以及周圍的人，幾乎沒有受到影響。鎮長已經去糖果工廠調查情況，很快就會有結果。他讓我先把這件事告訴杜老闆和八爺爺，想知道他們的想法。」

這時，珠兒和佩兒端著食物上來，大家一起享受這難得的美好時光。快吃完飯時，一個想法像一道光，閃過端午大腦，他興奮的說：「糖果工廠外面會不會生長著露桔薇害怕的那種草？」

「有道理！」沈雙燈拍著逐一的肩膀叫道，逐一發出一聲慘叫。

「舊貨行裡從來不會有溫柔的女孩。」逐一嘟囔著站了起來，又變成貓跳上窗臺，「我去把這個情報報告給鎮長，說不定能發現些什麼。」

屋子裡又安靜下來，過了一會兒，珠兒說：「乾脆我們去畫裡吧！說不定端午能找到其他畫中世界！」

大家興沖沖的跑進畫裡，在濃霧中穿梭半天，什麼也沒發現，最後帶著一身疲倦回到舊貨行的書房裡休息。

端午作了一個亂七八糟、奇奇怪怪的夢，夢裡出現了很多他不認識又感覺很熟悉的人。端午知道他們來自他的過去，他不想為難自己把他們想起來，現在，他最看重的是目前的一切。

不知道怎麼回事，端午突然打了個冷顫，從夢裡驚醒過來。雙燈、珠兒和佩兒躺在他身旁，睡得很沉，她們平穩的呼吸讓端午覺得很安心。

夜深了，端午能聽到蟋蟀的叫聲。他再也睡不著，側身望著窗外，看著張牙舞爪的樹影。這時，他聽到屋頂上有細微的聲音，全身的細胞都警覺了起來。那聲音越來越響，端午伸出左手，將他的鬼火準備好。

「砰！」

「嘩！」

隨著穿透屋頂的巨大聲響，瓦礫掉了下來。其他人也醒了，大家都拔出自己的劍，做好戰鬥的準備。

珠兒和佩兒擋在雙燈和端午面前，珠兒說道：「誰？」

從屋頂的破洞跳下來的竟然是辛如舜。他的傷全好了，又變成了一個自信滿滿的壞人，對端午說：「好久不見，我美味的食物。」

端午的影子墨墨從地上跳起來，對著辛如舜叫道：「你這個可惡的妖怪，我要殺了你！」

「你們幾個可以殺死我嗎？」辛如舜冷笑。「沒有杜月亭，你們不過是幾個普通孩子。」

大家都使出自己的看家本領，合力進攻辛如舜。不過對辛如舜來說，應付幾個孩子不過是小菜一碟，與大家周旋一陣之後，他的身體裡發出許多又軟又黏的蜘蛛絲來，很快就把大家纏住了。珠兒與和佩兒召喚出自己的守護靈，但辛如舜的守護靈也出現了，兩隻可憐的小黃鳥很快便因為力量耗盡而消失。沈雙燈的異術並不強，但她的體力很好，身手敏捷，她拔出腰間短刀，割斷蜘蛛絲，撲向辛如舜，在他肩膀刺了一刀。

「你很有趣。」辛如舜對沈雙燈說。

他的話音剛落，沈雙燈又開始第二輪進攻。黑暗中，只見兩個人左奔右突，那把短刀化成了寒光，一道一道在端午面前閃過。很快的，纏繞著大家的蜘蛛絲便被一一切斷了。

辛如舜不想和幾個孩子糾纏下去，他召喚守護靈將大家圍繞起來。端午他們被黑霧包圍著，什麼也看不清楚，但不約而同的感到身上一陣刺痛，原來，辛如舜變回了原形，伸出蜘蛛腳在大家身上扎了幾下。接著，他抓住端午跳上屋頂，消失在牧陶鎮沉沉的夜色裡。

端午的意識越來越模糊，但他努力保持清醒，因為接下來發生的一切，生存或死亡，痛苦或希望，他都想清清楚楚。

「沒有像上次一樣暈過去嗎？」辛如舜說道。他敏捷的在屋頂上前行，動作很快、很輕。

「像上次一樣，我會活著回來。」端午的回答像是要說服自己。

「那可不一定，這次想要你死的可不是我。」辛如舜笑著說。

這時，他們來到了郊外的林蔭道上，可以看到不遠處的糖果工廠。工廠外亮著許多燈，那是宋之夜正帶領著人盤查糖果工廠的周圍。

辛如舜望了工廠一眼，說：「真可惜。如果宋之夜不在，我倒可以去工廠裡拿些糖果當點心，這兒的糖果太好吃了。」

最後，辛如舜帶著端午來到妖怪森林裡，很多鬼火湧了過來，其中一團鬼火說：「大人，不好了，有兩隻蛇妖跑到森林裡來了！」

辛如舜瞪了那團鬼火一眼，說道：「害怕什麼！就算他們到了妖怪森林，也找不到我們！」

辛如舜用蜘蛛絲綁住端午的手臂，拉著他的頭髮前進。那些鬼火在端午的面前飄來飄去，晃得他眼花，看不清前面的路。一路上，他踢到不少小石頭、差點被樹枝絆倒，讓他感覺前路越來越危險。端午覺得應該自救，至少必須記下走過的路，可是這森林裡並沒有什麼可以當標誌的東西，很快的，他就頭暈目眩了。

半個小時之後，辛如舜停了下來，他將端午帶到一片空地上，皎潔的月光灑在他們頭頂。

「董三思先生，我們到了。」辛如舜突然對著空地中央叫道。

過了一會兒，奇妙的事情發生了，在辛如舜身後的黑暗裡，透出一道光，像從門縫裡照出來一樣。接著，兩隻手從那道光裡伸出來，將光的罅隙扯大。慢慢的，一個人從光裡走出來。因為他背對著光，端午看不清楚他的臉，只看得出是個又高又瘦的男人。一下子，他身後的縫隙又合上了。

辛如舜轉過頭，說：「董先生，您就不能按常理出牌嗎？」

「我不喜歡看你的臉，辛先生。」那個人不留情面的說道。辛如舜只好尷尬的笑了幾聲。

這個瘦高的董先生是誰？端午隱隱約約記得，「死神手指」通緝令中的一個人好像叫董三思。這麼說來，他和莫遠山是一夥的？

端午正思考著董三思的事，突然，他感覺有什麼東西從自己的腳緩緩上升，經過他的小腿、大腿、腹部、胸口和脖子，停在他的耳邊。端午感覺耳朵癢癢的，但他的手臂被綁住了，急得他拚命的跺腳。

過了一會兒，端午聽到一個聲音從耳朵傳進自己的腦子裡，輕輕的叫著他的名字。他凝神細聽，那聲音不像是從他身外傳來，就來自他的身體內部。

「端午，不要表現出驚訝的樣子，不要東張西望。我是墨墨。你放心，剛剛走過的路，我都記下來了，現在我要離開你一會兒，去把杜月亭與八爺爺叫過來。你一個人好好待著，不要害怕，好嗎？」

「明白，在你回來之前，我會想辦法應付一切。」端午小聲的說。

墨墨通過端午的脖子，肩膀和手臂，來到他左手食指，然後滑落在地上。今晚的月光很好，樹影斑駁，墨墨前進起來並不困難。辛如舜雖然很聰明，卻也沒想到要防備端午的影子。端午偷偷看著墨墨，直到他走遠。

這時，董三思突然將目光轉向端午，端午趕緊抬起頭，怕他注意到自己沒有影子。

董三思的目光裡飽含著端午說不清的東西，他像審視玩具一樣看著端午，慢慢朝端午走近。端午覺得，這個人比莫遠山還要可怕。

「砰」的一聲，端午面前的地面突然炸開，一條藤蔓從地裡伸出來，在天空中拐了一個彎，直直撲向端午。又是露桔薇的根，它對端午還是不死心。端午轉身想要躲開它，董三思卻以迅雷不及掩耳的速度來到他面前，一把抓住他的頭髮，說道：「別想逃走，小鬼。」

說著，董三思從懷裡掏出一個小玻璃瓶，朝著露桔薇的根噴出液體。空氣裡瞬間充滿淡淡的青草味，那條根馬上縮回了地裡。

董三思又噴了些液體在端午身上，才收起玻璃小瓶，說道：「弱點太明顯，要是沈原和那群笨蛋也知道這一點，你早就死了百次千次了。」

難道這種香水是由露桔薇害怕的那種植物製成的？可惜端午對植物所知甚少，也不知道這種氣味是由什麼草散發出來的。

董三思抓住端午的衣領，伸出另一隻手，把自己所有力量集中在手上。很快的，他面前出現暖暖的光。透過那團光，端午隱隱約約看到一棟小木屋與好多火把。

董三思側身示意辛如舜，蜘蛛精辛如舜立刻一腳跨進光裡。接著，董三思把端午也扔了進去。就像進入畫中世界時一樣，一瞬間，端午的四周一片漆黑，然後，他重重的摔在地上，吃了一嘴的泥。

還好牙齒沒掉。端午掙扎著站起來，發現自己依然身處一片空地上，不過現在這片空地明亮多了，周圍點著好多火把。那棟小木屋就在空地邊緣，兩扇小窗戶裡透出昏暗的光來。木屋後面有一株巨大的藤蔓，在月光下不停晃來晃去。用腳趾頭也能想到，這一定就是露桔薇。

它明明很明顯，為什麼大家沒有發現呢？難道這也是另外一個世界？

辛如舜抓住端午的手臂，把他帶進屋子裡。端午一眼就看到了坐在桌子前喝茶的莫遠山，他比之前看起來瘦很多，不過他的目光讓人更加恐懼。

辛如舜按住端午，讓他在莫遠山旁邊坐下，端午看了莫遠山一眼，目光又轉向坐在莫遠山身旁的另一個人。那人全身上下隱藏在黑袍裡，燭光昏暗，端午看不清他的長相，但可以感覺到從他身體裡散發出的強大力量。

端午的身體慢慢升溫，好像有什麼東西想衝出來，撲向面前這位神祕人。跟著進屋來的董三思走到神祕人身邊，這時，從房間左邊那道小門裡，走出來一個和莫遠山、董三思打扮相似的男人。他身材中等，看起來孔武有力，端午在通緝令上看過他，他叫羅沛文。

「沫臾呢？」那個神祕人幽幽的說。

「在森林裡監視著那兩隻蛇妖和沈原他們。」董三思說完，目光轉向端午，

「主人，他真的就是那個得到祝福的孩子？」

神祕人點點頭，伸出左手緩緩靠近端午。那隻手上溝壑縱橫，像老樹皮一樣，

還散發出古怪的氣味。端午的身體朝後仰，想要躲開那隻大手，他身邊的幾個人都狠狠的瞪著他。最後，神祕人的手還是放在了他的額頭上，端午的額頭像是被火燙著一樣，熱得難受。

神祕人放開手，說道：「你們看吧！」所有人都打量著端午的額頭。過了一會兒，羅沛文說：「這就是那個標記嗎？」

「沒錯。」神祕人回答。

「什麼標記？難道是──」端午想到七星蝶指出來的那個印記。

「你們都是『死神手指』的成員吧？你呢？你又是誰？雖然你把身體都藏在黑袍裡，不過，看這些人對你恭恭敬敬的，你一定就是那個協會的首領木落，對吧？你不是已經死了嗎？」

「我死了嗎？」神祕人重複道，還發出可怕的笑聲，「我這個樣子，確實也不算活著。不過，你知道我是怎麼『死』的嗎？說來還與你有些關聯呢！你額頭上的這個印記是龍女的祝福，那個愚蠢的女人把自己最後的生命和力量，交給你這樣的一個小孩，真是愚蠢。

她沒能殺死我，讓我受了十年的折磨。她沒有勝利，因為只要我活著，就能拿回屬於我的一切，我要讓世間所有人為我這十年來所受的痛苦付出代價！她選擇了你，真是讓人失望，你根本不能算得上是個對手。現在我要殺了你，再奪走你身體裡的力量。

我要讓龍女的力量在我體內復甦，用她的力量，摧毀她所珍惜的一切。到時候，她在地獄裡一定會急得放聲痛哭吧！這種感覺，只要稍微想想，都會不自覺的想大聲笑出來呢！」木落說完，又哈哈大笑起來。

端午白了他一眼，說：「你這個壞蛋！」

「只有壞蛋才能排除一切障礙，朝著目標前進。遠山，你竟然沒發現這個小鬼是龍女祝福的承受者，還真是大意啊！」

「當時已經有所察覺，只是想等主人您到來，將他作為禮物送給您，所以一直沒讓辛先生對他動手。」莫遠山畢恭畢敬的說。

一旁的辛如舜插嘴道：「莫先生，這些話您可沒告訴過我。」

「不用廢話了。遠山，動手吧！」木落說。

莫遠山拔出腰間那寒光閃閃的匕首，朝著端午逼近。這次連端午都沒反應過來，那團保護著他的光便從身體裡鑽出來，像鎧甲一樣罩在端午身上，莫遠山的匕首怎麼也無法穿透光芒刺向端午。

木落冷笑道：「用這樣的方式保護他，你也撐不了多久吧！」

端午心裡一動，像是另外有人占領了他的大腦，他張嘴說道：「保護不了的話，就和你同歸於盡。」

「現在的你還有機會嗎？你不過是寄存在這個孩子身體裡的一點殘念而已。」木落讓莫遠山退下，又伸出自己那隻快要乾枯的大手，「這一切都是你造成的，就讓我用你毀掉的這隻手，毀掉最後的你吧！龍女。」

「等等！」一個陌生的聲音突然響起，控制端午意識的力量消失了。

一個高個子男人來到燈下，他看起來大概三十來歲，眼睛細長，有著鷹勾鼻，正一臉驚恐的望著木落。

木落的手停在半空，說道：「李先生，您有什麼想說的嗎？還是，您對龍女的力量也有幾分興趣？我以為您與您的家人，只對露桔薇有興趣呢！」

木落的話讓這個男人嚇得發抖，他的身體微微顫抖起來。過了好一會兒，才鼓起勇氣說道：「他還只是個孩子，您這樣做會不會太殘忍？」

「殘忍嗎？任何一個生命存在於這個世界上，都應該做好隨時會消失的準備。李先生，您還真是天真。雖然一直以來我都挺欣賞您，不過您最好馬上閉嘴，不要挑戰我的極限。」

那個人——也就是李深，再也不敢說什麼，他抱歉的看了看端午，離開了屋子。這時，端午聽到小木屋外傳來杜月亭和胡八爺爺的聲音，他大聲叫道：「老闆，我在這兒！八爺爺、飛雪、花先生、沈先生，我在這兒，快來救救我！」

外面並沒有人回答他，他們依然在對話，似乎並沒有發現這兒的一切。

董三思得意的說：「小鬼，我的幻術可不是輕易就能被破解的喲！他們就算在這個地方轉上一百圈，也找不到這間小屋。你叫破嗓子也不會有人來救你。」

端午沒有理會董三思的話，繼續扯開嗓子叫著杜月亭他們。有兩次，他甚至看到沈原與胡八爺爺來到了窗戶前。他們伸出手時，手竟然穿過了木屋牆壁，但他們的確什麼也沒發現。

端午十分失望，他終於明白，對於杜月亭他們來說，他和這兒的一切都是不存在的——他們處在不同的空間裡。現在該怎麼辦呢？怎樣才能通知杜先生呢？難道自己將要死在這個地方嗎？

木落的魔爪再次伸向端午，那保護著他的「龍女的祝福」，力量也越來越弱了。端午的目光望著木落黑色長袍的袖子，彷彿看到了自己的死亡，也看到了自己的過去。

很多零碎的片斷閃過端午的腦海，許多熟悉但叫不出名字的臉龐對著他微笑、哭泣、詛咒、皺眉。他們都是誰呢？他們重要嗎？慢慢的，他腦子裡浮現一片混亂的戰場，死去的人堆成了小山。

難道自己曾經參加過什麼戰爭嗎？就算到了生命最後時刻，依然沒有想起被遺忘的歲月啊！

木落的手按住了端午的頭，那隻手似乎有巨大的吸引力，把他身體裡的能量都吸走了。

端午閉上眼睛，感覺自己的身體似乎變成一條河，所有的一切都從頭頂流走，他甚至能聽到水流的「嘩嘩」聲。再這樣下去，自己會不會變成乾屍呢？

「孩子，醒醒，孩子。」

一個聲音輕輕的呼喚著端午，趕走了籠罩著他的一切黑暗。他感覺自己身處一片茫茫的霧裡，什麼也看不清楚。叫他名字的那個人在哪兒？

「把祝福送給你，把希望送給你，把未來送給你，不想強迫你功成名就，不想讓你背負我沒有完成的一切、錯過的一切、悔恨過的一切，只希望你在自己的追求中，走完這一生。孩子，你的未來就像是一幅色彩斑斕的油畫，我永遠也無法估量出它的可能性。你要加油，好好活著，好好死去。」那個聲音再一次響起，是一個女人的聲音，溫柔又動聽。

端午打了個冷顫，喃喃的說：「龍女？」

沒有人回答，身邊只傳來潺潺的流水聲。

端午的意識瞬間變得很清醒。

我追求的是什麼？

我想要怎樣的人生？

未來的那幅油畫，要怎麼描繪出最美的色彩？

突然，端午睜開眼睛，叫道：「我想要變得更強！我想要幫助更多的人！我想要活下去！」

他抬起手，一把撥開木落的手。木落被他突如其來的動作嚇了一跳，劇烈咳嗽起來。

端午心中一喜，原來，站在自己眼前的不過是個孱弱的病人。

莫遠山和董三思趕忙去照料自己的主人，羅沛文則揚起手朝端午頭頂劈來。端午趕緊鑽到桌子底下，他坐的椅子發出「啪」的一聲，倒在地上。

「主人，您怎麼樣了？」董三思的聲音傳來，端午從桌子底下可以望見木落因痛苦而抖動的雙腿。

「你的力量是我的！」木落突然叫道。

是龍女祝福的力量讓他難受嗎？

來不及細想，端午從桌子底下鑽出來，伸出雙手撲到木落身上！大家都沒料到他會有這突然的舉動。

端午感覺自己的身體與和木落的身體似乎連接在一起，力量像水一樣流過去。既然龍女的力量是給端午的祝福，那對想要傷害端午的人來說就是詛咒。

木落痛苦的推開端午，接著，端午又被羅沛文一把拎起來，重重的砸向地面。

端午感覺骨頭快要散了，見羅沛文朝他走過來，他掙扎著向後退，很快就被逼到了牆角。

「試圖反抗只會讓你死得更慘。」羅沛文邊說邊伸手抓住端午的衣領。這時，旁邊有人踢了羅沛文一腳，他失去平衡，跌倒在端午身旁。

端午轉過頭，看到杜月亭那溫和的笑臉，頓時覺得全身都放鬆了。「您總算是來了，老闆！」

其他人也從杜月亭旁邊一一出現，他們從另外一個世界找來了。

這時，端午腳邊傳來了墨墨的聲音，他也回來了。

端午伸出左手，墨墨便從他的食指回到他的身體裡，慢慢的從他腳邊長出來。

「把所有異能集中起來打破幻術，闖進我們所在的空間裡，你還是像以前一樣拚命，沈原。」董三思說，「你們是怎麼發現的？」

「氣味。雖然你們藏得很好，但不管怎樣，都覺得這兒聞起來很奇怪。不尋常的氣味，可是瞞不過我們的。」祁飛雪說。

「其實，主要是我的功勞。」墨墨得意的說。

「可以這麼說吧！」祁飛雪笑著回答。

木落又咳嗽了兩聲，說道：「突然這麼多朋友到訪，真是讓人受寵若驚啊！」

「木落，多年不見了。」沈婆婆說。

「沈老師，看來連您也老了。」木落說。

端午看著大家，知道自己又能活下去，渾身充滿了活力。

杜月亭注意到了露桔薇，便和花間月朝木屋外走去。董三思攔住他們，說道：「主人正在說話，你們最好仔細聽。而且，你們的力量也只夠支撐你們聽完主人的話吧？很高興你們找到這兒來，自己過來送死，省得我花時間一一消滅你們。你們離露桔薇如此近，還能保持意識，老實說，還不錯。可是，你們有沒有感覺到生命正一點點從腳底流走呢？是不是想要睡覺了呢？」

「沒錯，在這附近轉了幾圈，確實讓人感覺到越來越虛弱了，不過，對付你們還綽綽有餘。」花間月說，「你不用說些奇怪的話想把我們催眠，大爺我現在清醒得很，和你大戰三百回合絕對沒問題。」

說完，花間月、杜月亭和董三思大打出手。因為露桔薇的關係，他們的力量比平常弱得多。其他人也投入戰鬥中，沈婆婆、胡八爺爺集中力量對付羅沛文，祁飛雪對戰辛如舜，沈原和沈夫人對付盡力保護木落的莫遠山。

端午看在眼裡，覺得一切都不對，完全不對！雖然杜月亭他們在人數上占優勢，但這怎麼看，都不像是在戰鬥，而是打著醉拳。

這兒離露桔薇太近，生命流失的速度快得驚人，再這樣下去，大家很快就會陷入永無止盡的夢境裡吧！現在應該怎麼辦才好呢？

奇怪，為什麼「死神手指」的人似乎都不受露桔薇的影響呢？端午想起剛剛董三思朝他身上噴的液體，看來露桔薇害怕它，如果能找到那個瓶子，就能幫大家了。

沈原因為打開幻術之門，已經將大部分力量耗盡，當端午思考著這一切時，他突然倒在地上，進入了夢鄉。一直堅持著的沈婆婆長舒了一口氣，說：「好了，既然你都睡了，我這個當媽的也沒有必要硬撐，好睏啊！」說完，她也倒在地上睡著了。

沈夫人一邊戰鬥一邊呼喚丈夫和婆婆，可是他們倆已經聽不到了。

端午想起，董三思剛剛把那個瓶子塞進了懷裡，於是趕緊大聲對杜月亭說道：「快，他懷裡藏著一個瓶子！露桔薇不喜歡瓶子裡那種液體的氣味！」

「怪不得你們不受露桔薇影響！」杜月亭喘著氣說。

杜月亭和花間月還有祁飛雪，一起進攻董三思。祁飛雪身手敏捷，順利從他懷裡把瓶子搶過來。她拿著瓶子胡亂朝同伴身上噴了又噴。現在，至少大家所剩無幾的力量，不會繼續減弱了。

端午趁著大家不注意，偷偷從後門跑出去，來到露桔薇面前。它是端午見過最漂亮的植物了，頂端盛開著一朵巨大的淡藍色花朵。

露桔薇旁邊有個簡陋的茅草棚，聽到端午的腳步聲，李深合上書，從棚裡走出來。

李深只是站在茅草棚前看著端午，端午沒理他，撿起腳邊的一塊大石頭，扔向露桔薇的花。那朵花晃了晃，沒有受到任何傷害。

李深嚇得大叫起來，衝過來拉住端午，說道：「你瘋了嗎？」

「我沒瘋，讓這株植物成長的你們才是瘋子！」端午大聲說。

杜月亭聽到端午的聲音，拿出腰間的短刀扔向端午，端午跑過去接住短刀，然後將刀拔出刀鞘，朝露桔薇巨大的莖上劃了一刀。露桔薇渾身抽搐，還發出可怕的慘叫聲。

李深拉住端午的袖子，想要奪走他的短刀。端午拿著刀在胸前揮舞著，劃傷了李深的手臂。李深皺了皺眉頭，用另一隻手握住了短刀的刀刃，說道：「我不會讓你毀了我的心血！」

「放手，不然你的手就要開花了！」端午並不想傷害李深，因為他剛剛替端午求過情。就在他遲疑時，李深伸出另外一隻手死死握住端午的手腕，端午手一鬆，短刀掉在地上。他彎腰準備撿起刀時，李深一腳把刀踢開，另外一隻手依然抓著端午。

「我不想傷害你，你還是個孩子。快走！」李深說。

「現在我們是對手，你最好不要把我當孩子對待。」

端午可以感覺得到，龍女祝福的力量遊走在他的手臂裡，他掙脫了李深，心裡默默說道：「鬼火啊鬼火，我把一切都寄託在你身上了。」然後伸出左手，將所有力量都集中在上面，並大叫道：「摧毀那朵花吧！小鬼火！」果然，一團比平常更旺的鬼火出現在他手掌中，然後像離弦的箭一樣朝著那朵花衝過去。

「砰」的爆炸聲響起，那朵花耷拉下來，掉在地上。

端午興奮得叫起來，所有人的目光都集中在露桔薇上。杜月亭、祁飛雪和花間月又合力給了露桔薇最後一擊。

「嗖嗖嗖」，露桔薇的藤蔓開始收縮，一陣清新的風從它那兒吹出來，那是被吸走的生命能量。

胡八爺爺跑了過來，叫道：「快用鬼火縛，不能讓它再次逃走！」

大家都使出了鬼火，將收縮的露桔薇圍起來。這時，地底下好像有什麼東西正在移動，杜月亭拔劍刺了下去。隨著一聲慘叫，鮮血從地底冒出來，那是露桔薇本尊的血。

「成功消滅露桔薇。我感覺我的生命能量正慢慢流回身體裡。」杜月亭說。他將目光轉向屋子，想到莫遠山他們，趕緊進屋察看。

忽然，「嗖」的一聲，一支飛鏢射向杜月亭，他一側身，伸手抓住飛鏢。

「後會有期。」一個女人的聲音傳來。

「沫臾。」杜月亭說。

端午順著杜月亭的目光望過去，看到一個女人鑽進一個異空間光圈裡，從大家眼前消失了。這是董三思再次使用幻術，帶著他的同伴進入另外的空間裡。

杜月亭一行已精疲力竭，於是放棄追趕他們。這時，端午聽到身後傳來沉悶的響聲，是祁飛雪、沈夫人和胡八爺爺倒在了地上，花間月也呵欠連連。

杜月亭說：「花先生，您也休息吧！我來護駕。」

「還有我。」端午說。

「那我先睡一覺。」花間月說完就倒地睡著了。杜月亭的注意力轉移到李深身上，他正心痛的跪在露桔薇的血跡旁。

第 十 五 章

開始？結局？

「我們李氏家族，一直以來都在研究露桔薇。對我們來說，露桔薇就像我們的家人，或者說，是我們存在的意義。兩百年前，異術師自認他們消滅了所有的露桔薇，真可笑。我從小開始研究關於露桔薇的一切資料，在全國各地尋找它的蛛絲馬跡。皇天不負苦心人，終於讓我找到了藏在山洞裡的露桔薇幼體。

它很虛弱，一直沒有得到機會成長，我花了大概十年時間，藉由那株露桔薇的幼體培育出新的露桔薇，也就是最近出現的那一株。本來我不準備讓它四處移動，去尋找合適的生存場所，但是又不想阻礙它的成長，於是我把露桔薇從培養皿裡放出來，然後把這個消息報告給異術師聯合會。

我只是想向異術師證明，我的父親與祖先並沒有說謊，露桔薇依然存在，永遠威脅著我們。後來，我和沈原先生一家，踏上了尋找露桔薇的旅程，我希望他們找到露桔薇並且消滅它，因為我想要得到的都已經得到了。

再後來，我遇到了木落先生與沫臾小姐，他們知道我一直在研究露桔薇，說他們能讓露桔薇得到它想要的生存，以及死去。露桔薇的果實，傳說是長生不老藥的材料之一，我不清楚這是不是事實，但那種果實確實有非常大的藥用價值。

我聽木落先生說過，十年前他被龍女所傷，雖然勉強活了下來，但一直病痛纏身。他向我展示過全身的傷痕，那是龍女最後的詛咒，他為此受了十年苦，眼睜睜看著自己創立的『死神手指』協會被聯合會消滅。我並不討厭他，他沒有依靠任何人，成為了一個強者，很讓人佩服。在我心中，有資格得到露桔薇種子的人，也只有他。

後來發生的一切，你們都知道了。我們成功將露桔薇藏在異空間裡，它的根為了吸收營養穿越異空間，來到我們的世界。你們一定想問我，後不後悔讓露桔薇重現人世？我說不清楚，也不想繼續說下去。」

被抓住的李深先生，在杜月亭和端午到監獄探望他時，說了上面的話。

消滅露桔薇已經有一個星期，沉睡著的人陸陸續續清醒過來，牧陶鎮的生活又慢慢恢復正常，但木落和他的四個助手卻再度失去了消息。

杜月亭送給端午的那粒種子，長成了一棵非常古怪、巨大的植物，現在也結出了果實。每天早晨起床之後，端午就會去看看那粒果實，可是看起來，它好像只是顆很普通的果子。端午很好奇，它究竟會發生些什麼變化呢？

現在，舊貨行裡所有人都知道，那面鏡子裡住著一個幽靈。慢慢的，那個幽靈的膽子也大了，時不時會在店裡轉個幾圈。

大家都知道，只要不出現在那面鏡子前，高碧空就無法搶走別人的影子，同時也沒有任何殺傷力，所以根本沒有人怕他。

端午和高碧空成了朋友，經常一起聊天、開玩笑，但高碧空絲毫不想把影子還給端午。

沈原一家雖然沒能成功阻止露桔薇甦醒，但聯合會還是給了他們一大筆委託費，這是對他們工作的肯定。拿到錢之後，沈原和沈雙燈一起來到「難得好時光」。這一家人現在也是店裡所有人的重要朋友，受到熱情歡迎。胡八爺爺親自下廚準備了豐盛的晚餐，晚上的聚會可熱鬧了。

幽靈高碧空也悄悄加入大家的狂歡中，有些醉醺醺的杜月亭對他說：「你看起來不像是個惡靈，可是為什麼要搶走端午的影子呢？」

「我靠吸收別人的影子活下去，端午的影子力量很強大，偷走他的影子之後，我可以好長一段時間不再偷別人的影子，你們就可以放心了。」高碧空說。

端午撇了撇嘴，說：「偷走別人影子的傢伙，說這種話時一點兒也不覺得害臊。要不是我現在有一個更好的影子，早就揍你了。」

「我是幽靈，你打不到我。」高碧空得意極了。

沈原到舊貨行來，一是結清房錢，二是完成和杜月亭的約定——他們倆要進行一場異術師之間的友好比賽。

第二天，端午總算明白友好比賽是什麼樣的了。

比賽的場地在畫裡，那兒場地空曠，沒有阻礙。

胡八爺爺是裁判，他從祕密基地裡拿出一顆像籃球般大的球，對沈原和杜月亭說：「我把球拋到空中時，這場比賽就開始了。你們可以使用自己的所有異能力、可以召喚守護靈，互相擊打這顆球，只要這顆球不落地就可以。誰讓球掉在地上，誰就輸了。好，比賽開始！」

胡八爺爺朝空中拋出了球，杜月亭、沈原和他們的守護靈一起朝球衝過去。沈原的守護靈是一隻梅花鹿，他每在空中踩一步，就會留下一瓣梅花形狀的腳印。

「真漂亮！」端午不禁感嘆道。

「當然，我希望以後我的守護靈也能是梅花鹿。守護靈的形態和遺傳有很大的關係，希望不要遺傳到我媽媽，她的守護靈是貓，我不喜歡貓。」沈雙燈說。

「守護靈的形態不是可以改變嗎？」端午問。

「只有非常厲害的異術師才能改變守護靈的形態，我爸爸就不怎麼擅長，我奶奶倒是很喜歡讓守護靈變來變去，她老覺得我爸爸讓她丟臉啦！」

「我們老闆也很會變化守護靈的形狀呢！」端午想到杜月亭和莫遠山決鬥時的場景，得意的說。

參與這場比賽的雙方並不會直接交手，他們的所有能力都用在讓那顆球不落地。胡八爺爺告訴端午，正式比賽中，那顆球有六個角，像是楊桃，聯合會喜歡把六角星標誌滲透在一切和異術師有關的行動中。

歷史上，最短的比賽三秒鐘就結束了，因為雙方實力相差太多。可是，如果雙方旗鼓相當，比賽時間就長了，最長的比賽進行了十天十夜，以其中一位異術師的昏迷告終。沈原和杜月亭這場比賽，看起來不可能很快結束。

下午，雙方都覺得在畫裡待得太久，渾身不舒服，所以杜月亭一掌將球擊到現實世界裡，差點撞在端午房間的牆壁上。還好，沈原的守護靈提前飛出來，穩穩當當的接住球，又把球甩到窗外。

青鳥飛出房間追趕那顆球，梅花鹿也跑了出去。這場比賽變成了守護靈之間的鬥爭，他們的主人沈原和杜月亭，趁這個機會在店裡休息，順便吃晚餐。後來，他們倆一起離開舊貨行去尋找守護靈。

端午一邊幫胡八爺爺收拾碗筷，一邊說：「這樣的比賽有什麼意義？」

「沒意義。不過是異術師們的娛樂，我們天生就好鬥。」胡八爺爺說。

第二天中午，沈原和杜月亭還沒有回來。老闆不在，店裡的員工都溜出去玩了，只留下端午看店。百無聊賴之時，突然有客人上門。那是個五十多歲的男人，目光深邃，像是包含著整個世界。他朝端午笑了笑，眼角的皺紋看起來非常親切。

「聽說你們店裡收了一面照不出人影的鏡子？」那位客人問。

「沒錯。您想要買嗎？」端午想了想，最後決定暫時不把那面鏡子會吸走別人影子的事講出來。

「麻煩你帶我去看看那面鏡子，好嗎？」客人又說。

端午帶著客人穿過簾子，來到門上寫著「羽」字的倉庫裡。他拉開窗簾，打開窗戶，指著窗前那面鏡子說道：「就是它了。」

陽光很好，墨墨對端午說：「這位客人也是高碧空的受害者，他沒有影子。」

端午低下頭一看，客人腳下果然空空的，和之前的他一樣。

客人一來到鏡子前，住在鏡子裡的幽靈便顯現了出來。高碧空看到鏡子外的人有些驚訝，說道：「你要幹什麼？」

「拿回我的舊物。」客人平靜的說。

他一定也是想拿回自己的影子吧！不過，高碧空可不會把吸走的影子交出來，端午想。

沒想到，高碧空的表情變得扭曲，似乎非常害怕。

那位客人伸出手，說：「回來吧！」

高碧空苦笑著說：「我等了你好長、好長時間了，你的東西現在就交給你。不過，在這之前，端午，你過來，我有東西想給你。」

「是什麼？難道你想把我的影子也順便還回來？」端午興奮的問。

高碧空搖搖頭，從鏡子裡消失了。過了一會兒，他再次出現，手裡捧著的，竟然是兩盆燈泡草。他從鏡子裡伸出手來，把燈泡草遞給端午，說道：「你們前段時間遺失的燈泡草，其實是我偷走了，現在還給你們。」

「沒想到你還保留著這個愛好。」那位客人說，「我早就不收集燈泡草了。」

高碧空有些失望的回答：「我已經感覺出來了。這兩盆燈泡草分別是紅色與紫色的，是你以前喜歡的顏色。時間會改變所有，一切都該結束了。」

那位客人對著鏡子伸出手，鏡子裡的高碧空突然化成一股水流，鑽進了客人的手指裡。端午正好奇發生了什麼事，墨墨讓他看那位客人的腳下。沒想到，那位客人的影子竟然慢慢長出來了。

「請問您叫什麼名字？」端午問客人。

「高碧空。」

原來鏡子裡的高碧空也只是一個影子。端午又問：「可不可以告訴我，你的影子發生了什麼事？為什麼會在這面鏡子裡？」

高碧空笑了笑，回答道：「這面鏡子是我家的傳家寶，不管怎樣擦拭，不管外表怎樣光滑，都照不出影子來。我對這面鏡子一直都很感興趣，可能我的影子感受到了我這份心，便讓自己投身到鏡子裡，照出了我想看到的一切。

十年前，我曾離開家一段時間，等我回來時，發現家中遭竊，丟了不少東西，包括這面鏡子。之後，我一直在尋找它。大概半個月前，我遇到旅行家陶先生，從他口中得知這面鏡子的下落，便來到牧陶鎮。

離開主人的影子很容易消散，沒想到我的影子還在。他很努力的活著，一定在等著我接他回到我的身邊吧！」

「他確實很努力的活著，還把我的影子也給吞下去啦！」端午沒好氣的說。

「不要著急，看看你腳下。」墨墨的聲音又一次傳來。

端午低下頭看到了影子，說道：「有什麼好看的？不就是你嗎？」

「不是我，或者說不僅僅是我。你有沒有發現，你的影子顏色比高先生的影子淺呢？」墨墨又說。

果然，端午的影子很淺、很淺。

墨墨解釋道：「你看到你的影子頭頂上那一個小髻了嗎？那才是我，我比你的影子顏色深。端午，你的影子回來了。」

這麼說來，高碧空的影子把端午的影子還回來了？端午興奮得叫了起來，不過，很快他就覺得，這淺色的影子看起來實在太彆扭。

高碧空說：「可能是我的影子吸走了你影子裡的大部分能量，我想，總有一天你的影子會慢慢恢復正常。我代替我的影子向你道歉。我不想要鏡子了，我想買回的只是我的影子。小朋友，這次交易要收多少錢呢？」

「您看著辦吧！您可得考慮、考慮我為您影子的付出啊！」端午說。

高碧空把錢包裡所有的錢都塞給端午。他離開後，端午在倉庫裡又唱又跳。

墨墨有些不高興的說：「你的影子回來了，恐怕再也不需要我了吧？」

「如果你不介意，可以繼續待在我的影子裡，現在我已經把你當成我的一部分了。不過，我擔心你不願意當我的影子了。」端午說。

「只要你不趕我走，我就會一直待在這兒。」墨墨說。

端午的影子又慢慢變深了，是墨墨變成了他影子的形狀。

端午離開倉庫朝前廳走去，突然聽到院子裡傳來微弱的聲音，像是貓叫，又像是嬰兒的哭聲。他來到院子裡，並沒有看到貓或是嬰兒，這時，又有聲音傳來，竟然是從他種的那株植物裡發出的。

端午來到那株高兩公尺左右的植物前，感覺果實那裡似乎有什麼東西在動。他爬上石頭，攀住葉子，看到果實已經裂開，裡面蜷縮著一隻毛茸茸的小貓。小貓看到端午，又發出了可憐的叫聲。

原來長出來的東西竟然是貓呢！

端午把那隻貓抱下來，貓兒又發出了叫聲，這次的叫聲聽起來很安心。陽光照耀著那隻貓，貓兒全身上下散發出一股植物特有的清香。陽光與貓的溫暖一起圍繞著端午，他的心裡突然充滿了莫名的快樂。

端午對過去的自己依然一無所知，但又有什麼關係呢？現在的時光，難得又美好。

國家圖書館出版品預行編目 (CIP) 資料

難得好時光 = Rare good time / 楊翠著 . --
初版 . -- 新北市 : 悅智文化館 , 2020.10
264 面 ; 14.7×21 公分 . -- (小書迷 ; 2)
ISBN 978-986-7018-47-2(平裝)

859.6　　109012038

小書迷 2
難得好時光

作　　者 / 楊翠
總 編 輯 / 徐昱
編　　輯 / 雨霓
封面繪製 / 古依平
執行美編 / 古依平

出 版 者 / 悅智文化事業有限公司
地　　址 / 新北市板橋區板新路 206 號 3 樓
電　　話 / 02-8952-4078
傳　　真 / 02-8952-4084
電子郵件 /sv5@elegantbooks.com.tw

戶　　名 / 悅智文化事業有限公司
郵撥帳號 / 19452608

本書臺灣繁體版由上海火雀文化傳媒有限公司及四川一覽文化傳播廣告有限公司聯合代理，經大連出版社授權出版。

初版一刷 2020 年 10 月　定價 250 元